KEITAI
SHOUSETSU
BUNKO
SINCE 2009

野いちご

涙のむこうで、
君と永遠の恋をする。

涙 鳴

スターツ出版株式会社

あたしは、鍵のない檻の中にいる。

『忘れるなよ、お前なんていつでも殺せる』
　あたしを傷つける言葉、暴力に怯えていたあたしは、
　自由になることを恐れていた。

　そんなあたしに……。
「俺が必ず守るから」
「穂叶ちゃんの笑顔が見たい」
　優しくて、いつも手を差しのべてくれる人。

「やっと……やっと、穂叶ちゃんの心に届いた」
　開けはなたれた檻へ、手を差しのべる君が……。
　あたしの檻を壊してくれた。

contents.

鍵のない檻　　　　　　　　　　　　6

少女が見ている茜色の景色　　　　24

さよならの涙に決意する　　　　　51

秘密　　　　　　　　　　　　　　70

あの日、伝えたかった言葉は…　92

そばにいる理由を教えて　　　　　99

見つけたあたしの居場所　　　　128

欲ばりな恋心　　　　　　　　　140

夏の青空に祝福の笑顔　　　　　160

届かない想いと、閉ざした心　183

忍びよる影　203

大切なモノほど遠ざかる距離　224

君のためにできること　248

絆を繋いで　260

あたしの歩く道の先　278

その涙に触れさせて　293

文庫限定＊番外編

桜色の初恋のゆくえ　306

あとがき　316

鍵のない檻

【穂叶side】

あたしは、鍵のない檻の中にいる。

いつだってその外へは出られるはずなのに、あたしはそれをしない。

『忘れるなよ、お前なんていつでも殺せる』

そう、檻の外は、この檻の中より恐ろしい。

一瞬の自由と引きかえに、身も心もボロボロになるまで、傷つけられる。

自由なんて知らなくていい。

心なんて、なくなればいい。

あたしはただ、生きるためだけに息をする。

生きるためだけに心を殺す。

なにも見ず、なにも聞かず、こうして生きるために自分の周りに檻を築いて、閉じこもる。

そうしなければ、あたしは生きていけないから。

篠崎穂叶。高校2年生。

うちの両親は、あたしが小学3年生のときに離婚した。

お父さんが女を作り、家を出ていったからだ。

その後、再婚したとも聞いている。

そして、あたしのお母さん、篠崎由子は、離婚してすぐに2歳年下の藤枝孝という彼氏を家に連れてきた。

『藤枝孝だよ。よろしくね、穂叶ちゃん』

涙のむこうで、君と永遠の恋をする。 ≫ 7

　両親の離婚、彼氏の登場……どこからが悲劇の始まり
だったのか、もうわからない。
　だけど、ボサボサの黒髪に、三日月のように細くてつり
あがった目……。
　うさん臭い笑みを浮かべた藤枝孝が現れてから、あたし
の悪夢は始まったんだ。

＊　＊　＊

　あたしが小学3年生の頃、お母さんはハウスクリーニン
グの仕事をしていて、ほぼ毎日、朝7時半から夜8時まで
家を空けていた。
　その間、あたしはうちに住みはじめた無職のあの男……
藤枝孝とふたりきりで過ごしていた。
『穂叶ちゃん、一緒に遊ぼうか』
　藤枝孝はそう言ってテレビゲームを買ってくると、一緒
に遊んでくれたりした。
　本当のお父さんと過ごしたのは9年という短い時間で、
仕事が忙しく家を空けていることが多かったせいか、お父
さんとの思い出はほとんどない。
　あげく、別の女の人を作って出ていったという嫌な記憶
しかなかったから、藤枝孝と過ごす時間は新鮮で、お父さ
んってこんな感じなのかなって、漠然と考えていた。
『穂叶ちゃん、遊園地に行こうか』
　優しく笑いかけてくる笑顔に、胸がじんわりと温かくな

る。

『うんっ!!』

　ほとんど家にいないお母さんに、さびしい思いをしていたあたしにとって、藤枝孝は心のよりどころになりつつあったんだ。

　お父さんって言うにはまだ、心の準備ができないけど、この人がお父さんだったら、いいな……なんて。

　その当時のあたしはそんなことを思っていた。

　お母さんから聞いた話だけど、藤枝孝には家族と呼べる人がいないらしい。

　なんでも、彼のお母さんが亡くなったあと、実のお父さんに暴力を振るわれていたからとか。

　そんな悲しい過去があるからこそ、この人は優しいんだって、そう思っていた。

『孝さん、穂叶と遊んでくれてありがとう』

『由子の大切な娘だから、俺が優しくするのは当たり前だろう』

『孝さん……』

　お母さんと藤枝孝も仲よしで、あたしは今が幸せだって、そう思って疑わなかった。

　だけど、そんな楽しくて、陽だまりみたいに暖かい日々は長くは続かなかった。

　藤枝孝が豹変したのは、いつからだったろう。

涙のむこうで、君と永遠の恋をする。　≫　9

　そう、たしかあれは……お母さんが仕事に出ていた昼間
のこと。
『穂叶ちゃん、ご飯だよ』
『……また、これー？』
　藤枝孝が買ってきたジャンクフードに文句を言ってし
まってからだ。
　このときのあたしは、お母さんの手料理を食べている友
達の話を聞いては、どうして自分は買ってきたものばかり
なんだって、さびしくて……。
　藤枝孝にも気を許していたせいか、ついワガママを言っ
てしまった。
『なら、食べなくていいよ』
　スッと、藤枝孝の顔から表情が消えたのがわかった。
　えっ……？
　こんな怖い顔、見たことない……。
『そうだな、夕飯も明日の朝も、穂叶ちゃんのご飯はなしだ』
　今まで優しかったのに、突然どうして？
　予想外の反応に固まっていると、藤枝孝は買ってきた
ジャンクフードをあたしから取りあげ、そのままゴミ箱に
捨ててしまった。
　たったそれだけ……。
　たった一言、藤枝孝に反抗してしまったばっかりに、あ
たしの悪夢が始まったんだ。

『穂叶ちゃん、それで首を絞めるんだ』

男は笑顔で、たびたびあたしに言葉の凶器を突きつける
ようになった。

　目の前に置かれたのは、体育の時間に使っていたあたし
のピンク色の縄跳び。

『や、やだ……』

　首をフルフルと振ると、男はガラッと笑みを消し、もの
すごい形相であたしをにらんだ。

『早く首絞めろ!!　父親の言うことが聞けないのか!?　で
きないなら俺がやるから、来い!!』

『っ……嫌ーっ!!　やめてっ……ううっ……』

　男は、あたしの首を縄跳びで力いっぱいに絞めた。

　苦しいっ……怖いよっ……。

　助けてっ……お母さん!!

　息ができなくて、怖くて涙が流れた。

　だけど、けっして殺すことはしない。

『俺はね、穂叶ちゃん、お前の苦しんでる顔を見るのが楽
しくてたまらないんだ』

　こんな人がお父さんだったらいいなんて……少しでも考
えたあたしがバカだった。

　……この人は、父親なんかじゃない。

　お母さんは、藤枝孝があたしを虐待していることは知ら
ない。

　お母さんに言ったりしたら、あの男になにかされるん
じゃないかって怖くて、言えなかったんだ。

でもある日、学校からから帰ってきたときのこと。

『ねぇ孝さん、いつも家にいるけれど、仕事は……』

『由子には関係ないことだよ』

　お母さんと藤枝孝の会話が聞こえてきて、あたしは静かに声が聞こえるリビングの方へと歩きだした。

　そっか、今日はお母さん、仕事休みだったっけ。

　扉の前で立ちどまると、少し開いた扉の隙間からふたりが向き合っているのが見えた。

『関係ないって、そんな言い方は……』

　そう言って、お母さんが藤枝孝の腕をつかんだのが見えた瞬間。

　──バンッ!!

『俺に口答えするな!!』

『きゃあっ!!』

　藤枝孝は、力のかげんもせずにお母さんを突きとばした。

　お母さんっ!!

　そう声をかけようとして、あたしはとっさに口を押さえる。

　今出ていったら、また殴られるかもしれない。

　恐怖から、無意識に声を出さないよう動いていた。

　でも、お母さんがあんな目にあっているのに……こんなところに隠れて、助けにもいけないなんて……。

　結局あたしは、自分のことが大切なんだっ。

『お前が男を立てないから、前の旦那も他に女作ったんだろう!?』

『ちがうわ……あの人は、欲しかった男の子が生まれなかったから家を出ていったって……』

お母さん……。

そうだ、お父さんがお母さんにそんな心ない言葉を言ったときのことを、今も鮮明に覚えている。

＊　＊　＊

それは夜中、喉が渇いて起きて、廊下を歩いていたときのこと。

リビングの扉が少し開いていて、そこから漏れだす光に誘われて近づくと……。

『どうして突然、別れるなんてっ……』

えっ……？

その一言に、あたしは驚いて足を止めた。

『そ、そんなの……お前が男の子を産まなかったからだ!!』

『嘘っ!!　他に女がいるんでしょう!?』

お母さんには心当たりがあったのか、そう言った。

自分の浮気をごまかすために、男の子が生まれなかったからってお母さんを責めるなんて……おかしいよ。

『お前が俺の希望を叶えてくれなかったから、別れるんだよ!!』

『穂叶だって、私たちの子供でしょう!?』

もう……聞きたくないっ。

お父さんもお母さんも、どうしてケンカばっかりなの？

涙のむこうで、君と永遠の恋をする。 ≫ 13

　怒鳴り声から逃げるように、あたしは耳をふさいでその
場にしゃがみこんだ。
『わかった、男の子を産むから……出ていかないでっ。今
度こそ、あなたの望むようにっ……』
　耳をふさいでも聞こえてくる声。
『もう、手遅れなんだよ』
　そう冷たく言いはなったお父さんの言葉が、ずっと耳に
残っていた。

*　*　*

　それがお父さんの浮気の言いわけだとわかっていても、
なにが正しいのか、もうわからなくなってしまった。
　もし本当に、ふたりがバラバラになったのがあたしのせ
いだったとしたらって……。
　そして、そのたびに思うんだ。
　あたしやお母さんを苦しめたお父さんのことが……許せ
ないって。
『ハッ、ならお前が悪いんだよ!!　旦那の言うとおり、男
の子を産めてれば、こんなことにはならなかったのに
なぁ!!』
　お母さんの言葉を聞いた藤枝孝は、バカにするように
笑った。
　あたしたちのこと、なにも知らないくせに。
　勝手なこと言わないでよ。

『っ……そんなっ……』

『由子、お前が全部悪いんだよ!!』

『私が……悪かったの……?』

　そのとき、お母さんの瞳から光が失われていくのがわかった。

　お母さんにとって一番触れられたくない心の傷を、藤枝孝の言葉がえぐったんだと思う。

　その日から、藤枝孝はお母さんにも暴力を振るうようになった。

　たぶん、反論したのがきっかけだろう。

　……そう、たったそれだけで。

　あたしたちは、あの男から暴力を受けるようになった。

　何度も振るわれる暴力に、あたしたちはだんだん、反抗する気力も奪われていった。

　お父さんに傷つけられてボロボロだったお母さんにとって、藤枝孝は新しい心のよりどころだったのに。

　今では……藤枝孝に支配されて、お母さんの心は壊れてしまった。

　お母さんは、いつの間にか藤枝孝のことを"孝さん"ではなく、"お父さん"と呼ぶようになっていた。

　まるで、藤枝孝にお父さんを重ねて見ているようだった。

　その年の冬、12月。

　凍えるような寒さの中、あたしは2階のベランダにキャミソール姿で放り出された。

涙のむこうで、君と永遠の恋をする。 ≫ 15

『お願いっ……中に入れて‼』

　——バンッ、バンッ‼

　あたしは窓ガラスをたたき、何度も泣きさけんだ。

　男はそんなあたしを、窓ガラスごしにニヤニヤと見つめていた。

　そのうしろに、お母さんの姿が見えた。

　助けてもらえる！

　そう思って、あたしは声をかけた。

『お母さん‼　お母さん、助けてっ‼』

　お母さんなら、絶対助けてくれる。

　だって、あたしのお母さんだもん。

　そんな期待を胸にお母さんを見つめると、スッと視線をそらされた。

　……え？

　どうしてお母さん、目をそらすの？

　期待は簡単に裏切られ、あたしは力なく窓についていた手をダラリと落とした。

　このときにはもう、優しかったお母さんは正気を失っていたんだと思う。

　だけど、家庭訪問で先生がうちに来たときも、近所の人があたしの悲鳴を聞いて訪ねてきたときも、外面がよかったせいか、うまくごまかしていた。

　そうやって、お母さんに見て見ぬふりをされたのが悲しくて、あたしは絶望した。

そんな毎日を過ごし、小学6年生の秋には心も体もボロボロになっていたあたしは、ついにカッターを手に取った。

おそるおそる手首に当てると、赤い線ができ、そこからジワリと血がにじみだす。

『怖い……』

生きててもこんなに苦しいのに、死ぬことがまだ怖い。

いつか、そんな死を恐れずに死ねるの?

ガタガタと手が、体が震える。

ポタリと血が手首から指を伝って床に落ちた。

そこへ、またあの男が現れる。

『ククッ、そんな生ぬるいやり方で死ねるわけないだろ』

あたしをあざ笑う男に、あたしはまた絶望した。

逃げられない、監獄のようなこの場所で生きるくらいなら……。

絶対、死んでしまった方が楽だ。

なのに、なにをまだ恐れているんだろう……。

それから、あたしはまた生き地獄のような日々を過ごした。

与えられる食事は、腐ったモノばかり。

それでも、食べなければ空腹で動けなくなった。

お母さんは、そんなあたしを見て見ぬふりをしていた。

でも、あたしは気づいていた。

お母さんは、あたし以上に取りもどしたいモノがあるから、あの男のそばにいるんだって。

『あなた、息子がいれば、また私を見てくれる？』

『あぁ、もちろんだよ由子。娘じゃなく、息子がいればな』

　そう、その願いはいつしか、藤枝孝を離婚したお父さんだと錯覚させるほどに、お母さんの心を壊していった。

　あたしが中学にあがった頃、お母さんはあたしに馬乗りになり、首を絞めて言った。

『男の子ができたら、お父さん、私を見てくれるって言ったのよ!!　だから、しょうがないのよ？』

『うっ……あっ……あ……さん』

　お母さん、苦しいよ……。

　ギギギッと、首を絞める手に力がこもる。

　顔に熱が集まり、耳鳴りがする。

『男の子ができれば、お父さん、きっと私を見てくれるもの!!　穂叶だってうれしいでしょ!?』

『苦、し……いっ』

　お母さんの言ってることは無茶苦茶だ。

　藤枝孝をお父さんだと思いこんで、振り向かせようと必死になっている。

　だからなのか、どんなに暴力を受けても、お母さんは藤枝孝から離れられない。

　お父さんは他に女の人ができて、勝手に幸せになっているのに、現実を受け入れられないんだろう。

『お父さん、娘じゃなくて、息子がいいんだって』

『ううっ……』

　あたしの首を絞める手を外そうと、お母さんの手をつか

んだ。

　その間も、ここで死ぬのかもしれないと、どこか他人事のように考えていた。

『あんたが……悪いのよ？　あんたじゃなくて、男の子が生まれれば、幸せになれたのに!!』

　ねぇ、お母さん……あたしじゃダメなの？

　ううん、きっとあたしじゃお母さんの孤独を埋められないんだ。

　なぜだか、怒りよりも悲しみの方が大きくて、あたしはそっと抵抗をやめた。

　ダラリと両手をおろす。

　お母さんは、あたしのせいでこんなに不幸なのかな。

　そうだ、あたしが望んだ子じゃなかったから……。

　お父さんは男の子が欲しかったのに、女の子が……あたしが生まれてきたから。

『なんでよっ……なんでっ、抵抗しないのよ!!』

　泣きさけぶお母さんは、あたしの首を絞める手をゆるめ、うなだれた。

　……かわいそうな人。

　あたしも、お母さんも……もうきっと幸せにはなれない。

　後戻りできないほどに、傷つけ合いすぎた。

『ゲホッ、ゴホッ……かあさ……ん』

　あたしは泣きながら、そっとお母さんの手を握りしめた。

『殺しても……いいよ……』

　知ってる、お母さんも苦しんでるんだって。

涙のむこうで、君と永遠の恋をする。 ≫ 19

　あの男は、お母さんの弱みにつけこんで、男の子を産ませてやるからと甘い言葉をかける。

　お母さんは、お父さんに帰ってきてもらうために必死だったから、なにが正しいのかもよくわからなくなってるんだ。

　それも仕方のないことだなんて……。

　こんな考え方をするあたしも、もうおかしいのかもしれない。

『……ほの……か……』

　お母さんは、あたしを見おろして涙を流した。

　そして、あたしを瞳に映したとたん、そこから光が消えた。

　それはもう、生きることをあきらめてしまったような瞳。

　あたしは小学3年生から中学1年生までの4年間、こうした虐待に耐え続けた。

　なにも感じないよう、なにも考えないよう、ただ檻の中に閉じこもっていた。

＊　＊　＊

　そんな状況が変わったのは、中学1年生のとき。

　久しぶりにうちに遊びにきた美代おばあちゃんが、虐待の事実を知って警察に通報した。

　でも、藤枝孝は警察が来る前に出ていってしまって、捕まえることはできなかった。

だけど、あの男がいなくなった……。

あたしたち、これで助かったんだ。

やっと元の生活に戻れる……そう思っていたのに。

『忘れるなよ、お前なんていつでも殺せる』

藤枝孝が去り際に言ったセリフ。

また、あの三日月のように細くつりあがった目が、あたしを見て笑った。

──ドクンッ。

心臓が嫌な音を立てて鳴る。

怖い……指先から全身にかけて凍りついたみたいに動けなくなる。

バクバクと動悸までしてきて……。

どこにいても逃げられない……そう思った。

それからあたしは虐待のニュースを見るたび、大きな音を聞くたび、あの男に似た人を見るたびに、あの男にされたことがフラッシュバックするようになった。

呼吸ができなくなったり、悪夢にうなされたり、食事が食べられなくて吐いたこともあった。

お母さんはというと、糸が切れたあやつり人形のように壊れ、精神病院に入院した。

おばあちゃんは、お母さんもあたしに暴力を振るっていたことは知らない。

たんに、藤枝孝に暴力を振るわれていたから心を壊したんだと思っている。

涙のむこうで、君と永遠の恋をする。　>> 21

　でも、それを言ったら、お母さんも罪に問われてしまうかもしれない……そう思ったあたしは、おばあちゃんに言うことはできなかった。

　そして、あたしは……。

『お孫さんは、ＰＴＳＤ(ピーティーエスディー)ですね』

『ぴーてぃー……？』

　あたしの様子を心配したおばあちゃんが、あたしをお母さんの入院している病院の精神科外来(がいらい)に受診(じゅしん)させると、38歳と若い精神科医の東(ひがし)先生はそう言った。

『心的外傷後(しんてきがいしょうご)ストレス障害(しょうがい)というのが正式な名前で、死を意識するような体験によって、心理的なトラウマが生(しょう)じる病気です』

『穂叶は、病気なんですか？』

　おばあちゃんの不安そうな声と、先生の声。

　あたしはどこか、他人事のように聞いていた。

『おもに、フラッシュバックや記憶の一時的な欠損(けっそん)、眠れなくなったり、過度(かど)に覚醒(かくせい)してしまったりする病気です』

　あたしは、どうやら病気になってしまったらしい。

　先生の言った症状(しょうじょう)は、あたしに当てはまっていた。

『先生、穂叶は……治るのでしょうか？』

『心の病気は、とても難しい。半年で完治(かんち)する人もいれば、ずっと病気と一緒に生きていく人もいます』

　先生はあたしを見つめて、そっと安心させるようにうなずく。

　ずっと……？

ずっとって、そんなっ……。

　それじゃあ、あの男が遠くにいたって、意味ない!!

　いつまでも、あの男の影に怯えて生きていかなきゃいけないの?

　それを知ったとたん、絶望が押しよせてきた。

『穂叶ちゃん、長い闘いになるかもしれない。だけど、僕も一緒に闘うから、どうかひとりだと思わないでほしい』

『…………』

　あたしはなにも言わず、ただうなずいた。

　この日から、東先生のカウンセリングを受けることになった。

　カウンセリングでは、これまでに体験した恐怖を言葉にする。

　あたしにとってそれは、あの男から受けた暴力の数々で、それを話すのはすごく辛かった。

　お母さんが入院して、行き場のなくなったあたしを引きとってくれたのは、おばあちゃん。

　あの辛い日々に、心も体も疲れはてていたあたしを、おばあちゃんは優しく見守りながらそばにいてくれた。

　だけど……やっぱり考えてしまう。

　この平穏も、またあの男に壊されるんじゃないかって。

　そんな不安を抱えたまま、おばあちゃんとのふたり暮らしが始まったのだった。

　いないはずなのに、あの男の姿が見える。

いつだってあたしに声をかけてくる。

まるで、見えない鎖に繋がれているかのように……。

あたしは……鍵のない檻の中にいる。

外へは出られたとしても、あたしはそれをしない。

『忘れるなよ、お前なんていつでも殺せる』

そう、この檻の外は、この檻の中より恐ろしいから。

あたしはこの日から感情のすべて、心を檻に閉じこめた。

少女が見ている茜色の景色

【穂叶side】

　あれから４年の月日がたった。

　４月、桜が舞う季節。

　紺のブレザーに黒いスカート、胸もとに緑色のリボンをつけたあたしはたった今、始業式を終えたところだ。

　高校２年生になり、クラス替えをしたばかりの新しい教室に入り、窓際の自分の席に座る。

　そして、机に肘をついてその手に顎をのせた。

　窓から入ってくる暖かく心地よい風が、フワリとあたしの肩までの短い黒髪をなでる。

　ハラハラと舞う桜が、雪みたいだなと思った。

　それにしても、友達できるかな……。

　そんな不安な気持ちを抱えていると……。

「ほーのーか！」

「っ！」

　目の前で親友の丹田梨子が、竹刀を肩からかけて、あたしに笑顔を向ける。

「あ、梨子……」

　梨子に返事を返そうとしたときだった。

「あ、俺、日直だった!!」

　目の前をクラスの男子が横切る。

「やっ!!」

涙のむこうで、君と永遠の恋をする。 ≫ 25

その瞬間、またあの声が聞こえた。

『忘れるなよ、お前なんていつでも殺せる』

——ドクンッ、ドクンッ!!

「うぅっ……」

「穂叶っ!?」

心臓がバクバクうるさい。

呼吸が乱れてうまく息が吸えないでいると、梨子が背中をさすってくれた。

「大丈夫だよ、あたしがそばにいるからねっ」

「ご、ごめんね……梨子……ふうっ」

涙がにじんだ目で、なんとか笑顔を繕う。

あたしは、男の人が近づいたり触れたりすると、今でも虐待のことを思い出して取りみだしてしまう。

こんなところにあの男がいるわけないのに、ここにいる男子があの男に見えてきて怖いんだ。

「もう、大丈夫だよ……梨子」

「穂叶……」

「……梨子、同じクラスだね」

心配そうな梨子を安心させるように、あたしは小さく笑みを返した。

すると、梨子はあたしの目の前に座る。

「その方が好都合よ! 穂叶をいつでも守れるもの!」

「梨子……」

梨子は、あたしの小学校からの親友。

昔、梨子が隣の席の男の子の消しゴムを盗んだと疑われ

て、イジメられていたのを助けたのがきっかけで、ずっと
そばにいる。

　そして、ここの生徒の中で、あたしの虐待のこと、
PTSDのことを知っている唯一の存在。

　虐待されていたことをはじめて梨子に話したのは、おば
あちゃんと一緒に住みはじめた中1の頃。

　それまでは、話したら梨子まであの男に傷つけられるん
じゃないかって、怖くて話せなかったんだ。

　それから梨子は、すべて知ったうえで、あたしを守ろう
としてくれている。

　剣道をしているのも、そのためだ。

　あたしが男の人に声をかけられたり、ぶつかりそうに
なったときは、必ず助けてくれる。

　不安なときはいつも、一番に気づいて声をかけてくれた。

　本当に、梨子の存在に救われているんだ。

　でも、あたしは梨子さえも不幸にしてしまうんじゃない
か、そう思ってしまう。

　お母さんを、不幸にしたみたいに……。

「ありがとう……梨子」

「前は別のクラスだったから、同じクラスになれてうれし
いよ、穂叶」

　梨子の、このまっすぐな笑顔が好きだ。

　あたしも、それにつられて笑えるから。

　梨子はすごく美人で、茶色の長い髪をポニーテールにし
ている。

涙のむこうで、君と永遠の恋をする。 >> 27

強くて、女子からも人気のある存在だ。

そんな梨子を独り占めしているのが、たまに申しわけない。

　――ガラガラガラッ!!

そんなことを考えていると、突然、教室のドアがものすごい音を立てて開いた。

「……っ!!」

急に大きな音を聞いたせいで、異常なくらいに鼓動が速まり、息が切れる。

「はぁっ……はっ……」

まずい、落ちついて、お願いっ……。

大丈夫、大丈夫だから……。

「穂叶、大丈夫!?」

梨子がそれに気づいて、また背中をさすってくれた。

「ヤッホー、B組のみなさーん!!」

「ヤッホー、みなさーん」

教室のドアを開けたのは、身長が180cm近くある、赤茶色のアクティブショートヘアーの男子ふたり。

ひとりはメガネをかけているけど、ふたりとも顔がそっくりだから、たぶんあれは魚住兄弟だ。

１年のときから、双子ということに加え、個性的なキャラのふたりは有名だったから知っている。

「あれって、たしか魚住兄弟だよな?」

「あぁ、あのテンション高い方が魚住琢磨で、低い方……メガネをかけた方が優真だ」

「わっかんねーよ！」

　そんなクラスメイトの話が聞こえた。

　なんというか、本当にキャラの濃い人たちだな……。

　あたしは少し苦しい胸を押さえて、「ふうっ」と息をは

いた。

「まったく、あなたたち！　騒がしいわよ！」

「り、梨子……」

　梨子は双子にズカズカ歩みより、怒った。

　梨子、あたしのために怒ってくれたんだ。

　いけない。

　あたしのせいで仲が悪くなったりしたら……。

　あたしは止めようとして立ちあがる。

　すると、クラッと目まいがした。

「っ……！」

　どうしよう、体を支えきれない！

　体が前に傾くその時間が、スローモーションのように

ゆっくりに感じた。

「あぶない!!」

　すぐ近くで声が聞こえたと思ったら、体が力強い腕に抱

きとめられる。

「だ、大丈夫!?」

　男の子の声だ……。

　その心配そうな声に、あたしはゆっくりと顔をあげる。

　すると、サラサラのナチュラルマッシュショートの黒髪

をなびかせた、可愛らしい感じの男の子と目が合った。

涙のむこうで、君と永遠の恋をする。 >> 29

「あ、君!!」

　なぜか、男の子はあたしを見て驚いたような顔をする。

「まさか、同じクラスになれるなんて……っ」

　同じクラス……。

　この人も、B組なんだ。

　まさかって、この人、あたしのことを知ってるみたい?

　首を傾げると、男の子は顔を赤くした。

「だ、大丈夫?　体調が悪いの?」

　そして、あたしの体を支えたまま、心配そうに顔をのぞきこんでくる。

「ごめんなさい……大丈夫。助けてくれて、ありがとう」

　笑みを返すと、男の子は安心したようにうなずいた。

　それにしても、あたし……この人に触れられても、取りみだしたりしなかった。

　こんなこと今までなかったのに、どうして……?

「俺、前原渚。君は……」

　不思議に思っていると、男の子が自己紹介をしてくる。

「篠崎穂叶……です」

　同じように自己紹介をすると、優しげな笑顔が返ってきた。

　渚くんは可愛らしい感じなのに、とても身長が高い。

　あたしが153cmだから、たぶん175cm以上はあると思う。

　見あげるのが大変……。

「穂叶ちゃん、よろしくね。えと……とりあえず、座った方がいいよ、立ちくらみだろう?」

渚くんはあたしをイスに座らせてくれる。

優しくて紳士的な人だな……。

それに、すごく優しく笑う。

「おー!? おい、優真! 俺たちの姫がなにかしてるぞー?」

「なに? 渚姫が女の子口説いてるだって?」

先ほどの双子が、あたしと渚くんを囲むように立つ。

「あっ……」

知らない男子ふたりに囲まれて、手がカタカタと震えだす。

あぁ、やっぱり男子は怖い。

どうしよう、ここから逃げだしたい……っ。

すると、異変に気づいた渚くんが、あたしの顔をのぞきこんだ。

「大丈夫? まだ、体調悪い?」

「あっ……大丈夫……」

心配そうなその表情に、なぜだかホッとして震えがピタリと止まった。

落ちついてきたところで周りを見渡すと、なんだか教室が一気に狭くなった気がする。

たぶん、長身の男子たちに囲まれているせいだ……。

オロオロと見あげていると、双子と目が合った。

「俺は琢磨、双子の兄の方!」

「僕は優真、双子の弟だよ」

ふたりは同時にあたしに握手を求めてくる。

怖いっ……。

けど、嫌がったりしたら申しわけないもんね……。

えーと、自分のことを"俺"って言ったのが琢磨くんで、"僕"って言ったメガネをかけている方が優真くんだよね。

「よ、よろしく……琢磨くん、優真くん」

あたしはなんとか、両手でふたりと握手する。

「というか、あなたたちの姫ってなに?」

すると、いつの間にかあたしのうしろで腕組みをして立っていた梨子がそう尋ねた。

「それは、渚のことだぜ!」

「え、なにそれ、詳しく聞きたい」

琢磨くんの言葉に、あきらかに悪ノリしている梨子。

「いや、それだけは勘弁してくれよ……」

「ふふっ、だっておもしろそうなんだもん」

梨子の笑顔が黒い件については、見なかったことにしよう。

「梨子ちゃんがまさかドSだったとはね。渚っていじりやすいから、どんどん攻めてやって」

「味方がいないっ!!」

ポンッと渚くんの肩に手を置いて、ニヤッと笑う優真くんに、渚くんはうなだれた。

梨子と双子、いつの間に自己紹介したんだろう。

しかも、今日同じクラスになったばっかりなのに、前から仲よしだった友達みたいになってるし。

「それで、なんで姫なのよ?」

「俺ら１年のときから同じクラスで、文化祭のときにシンデレラの劇やったんだよ」

「あぁ、そんなクラスあったわね」

　梨子と琢磨くんの話を聞きながら、あたしは１年生のときの文化祭を思い出していた。

　そういえば……そのシンデレラの劇、見にいった気がする。

　あのときのシンデレラがすごく可愛くて、すごく印象に残っていた。

「そのシンデレラ役の女の子がさ、当日熱出しちゃって」

「え、それでどうしたの？」

「小道具係で近くにいた渚が、代役やったってわけ！」

　……ん？

　代役って、誰が、誰の？

「え、誰が、誰の？」

　あたしの疑問をそっくりそのまま、梨子が聞き返す。

「もちろん、渚がシンデレラの代役をやったんだよ」

「……えっ？」

　あたしは、つい声をあげて渚くんを見つめる。

　あの可愛らしいシンデレラが、今、目の前にいる渚くんだなんて……。

「うぅっ……俺の黒歴史だ……」

　この世の終わりみたいな顔で渚くんがつぶやく。

　ってことは、本当にあのシンデレラが渚くんなんだ。

「すごい……男の子だなんて全然わからなかった……」

「うぐっ……」

　つい、つぶやいたあたしの言葉に、渚くんが胸を押さえた。

　あ、もしかして、渚くんを傷つけるようなこと言っちゃった？

「ご、ごめんなさい……」

「え？　い、いや……穂叶ちゃんは悪くないから！　ただ、ちょっとショックで……ははは……」

「ショック……？」

「穂叶ちゃんには、カッコいいところだけ見せたかったのに……はぁぁっ」

　深くため息をつく渚くんに、あたしは首を傾げた。

　あたしの前ではカッコいいところだけ見せたいって、どういう意味？

「あはは！　可愛い顔してるもんね！」

「可愛いとか、うれしくないし。俺は男だー!!」

　梨子の言葉に発狂する渚くん。

　渚くん、たしかにいじられキャラかもしれない……。

「そのシンデレラがめっちゃ可愛いってことで、ちょっとした伝説になってんだよ」

「というわけで、渚は姫になった」

　琢磨くんと優真くんの言葉に、梨子が納得したようにうなずいた。

「やめろよ、俺は姫なんかじゃない！　というか、こんな長身の女いないから」

琢磨くんの言葉に、渚くんが反論する。

「こんな可愛い男がいるのか？」

「優真、早く離れろ。じゃないと、テスト対策ノート貸してやらないぞ」

　抱きつく優真くんを、渚くんはベリッと引きはがした。

「テスト対策ノート？」

　梨子とあたしは目を見合わせて首を傾げた。

「この双子は、超がつくほどのバカなんだ……」

　渚くんは遠い目でそう言いはなつ。

　なんというか、そのせいでいろいろ苦労しているような目だった。

「大丈夫だよ、俺たちには渚がついてるし！」

「僕たちの試験対策もしっかりしてくれる」

　完全に渚くん頼りな双子に、渚くんは深い、それはもう深いため息をついた。

「苦労してるのね……えーと、渚でいい？」

「うん、もちろんだよ。じゃあ俺は、梨子ちゃんで」

　梨子と渚くんの自己紹介を眺めていると、また教室のドアが開いた。

「よーし、みんなそろったな。席着けー」

　現れたのは、1年生のときも担任だった杉治先生だった。

　歳は39歳でとても面倒見がよく、あたしのPTSDのことも知っている。

「あ、穂叶ちゃん、隣の席だったんだ!?」

「あ、本当だね」

隣の席に座った渚くんが、うれしそうに笑う。

　梨子はあたしの前の席で、双子は……。

　あたしのななめ前、渚くんの前が琢磨くん。

「梨子ちゃん、見て見てー！」

　琢磨くんは隣の梨子に、先生の似顔絵の落書きを見せて
いた。

「アホか、ちゃんと話聞きなさいよ！」

　一刀両断って感じだなぁ、梨子。

　小声でコントをしているようなふたりの姿に、あたしは
小さく笑う。

「やほー」

　ん？

　誰かがあたしに声をかけたような気が……。

　その声に振り返ると、渚くんのうしろには優真くんが
座っていた。

「えーと……」

　無表情で手を振ってくる優真くんに、あたしはとまどい
ながら、小さく手を振り返した。

　優真くんは少し不思議な、ミステリアスな人だ。

　それにしても、みんなこんなに席が近かったなんて……
運がよかったかも。

　クラス替えで友達ができるか心配だったけど、仲よくな
れそうな人たちがいてうれしいな……。

「今日から、みんなは２年生になる。後輩も入ってくるし、
上級生として、しっかり勉強に励んでいこう」

「センセー！　俺、勉強に励んでんのに赤点なの、なんでだろ!?」

　先生の言葉に、琢磨くんがバッと手をあげてそう言った。

　教室がワッと笑いに包まれる。

「琢磨は、ながら勉強するからだろう？」

　──ゴツンッ！

　渚くんがうしろから琢磨くんの背中を小突く。

「前原の言うとおりだぞー、魚住兄ー。聞けば、いつも音楽聞きながら、ゲームやりながらって……勉強する気あるのかー？」

　そう言いながら、先生は笑っていた。

「俺は、いかに勉強を楽しくできるかを考えてるんだって！」

「いかに遊びながらやるか、のまちがいだ！」

　渚くんが、今度は琢磨くんの頭をたたいた。

　それにも、クラス中に笑いが溢れる。

　そんな光景を見ながら、あたしはたしかにここにいるはずなのに、自分だけちがう世界にいるような感覚があった。

　まぶしい世界……。

　あたしとはちがう人たちが生きる、明るい世界。

　あたしは、どうだったかな……。

　地獄のような日々、暗い世界にいたはずなのに、必死にみんなと同じになろうとしている。

「穂叶ちゃん、選択授業、なに選んだ？」

「…………」

だから、作り笑いだってできるようになった。

　誰にも、弱いあたしを見せないように。

　かわいそうな子って思われたくないから……。

「穂叶ちゃん！」

「っ!!」

　名前を呼ばれ、肩をつかまれてハッと我に返る。

　いけない、あたし、また考えこんでた。

　気を抜きすぎだよ……。

　あたしはあわてて渚くんに向きなおり、笑顔を作る。

「ごめんね……ボーッとしちゃって」

　いつの間にかホームルームが終わっていて、休み時間に
なっていた。

「それはいいけど、体調悪いんじゃない？　さっきも、倒
れそうになってたし……」

　心配してくれる渚くんに、あたしは首を横に振った。

　優しくしてくれて、ありがとう。

　だけど、お願い……どうかあたしを気遣わないで。

　自分の弱さがバレてしまいそうで怖い。

「ううん、本当に大丈夫」

　やっと、こうして笑顔を作れるようになった。

　おばあちゃんに引きとられた当初はボロボロで、表情も
作れなかったあたしが、ここまでくるのにどれだけかかっ
たか……。

　それも、おばあちゃんの存在があったから。

　不安で眠れない夜は抱きしめて眠ってくれたり、フラッ

シュバックを起こしたときは、何度も背中をさすってくれた。

　おばあちゃんがいなければ、今のあたしはなかったと思う。

　簡単に、壊されたくない。

　当たりさわりなく、適度な距離で十分……。

　親友の梨子にさえ、いまだに作っている部分がある。

「それで……なんの話かな？」

　あたしは笑みを浮かべたまま、渚くんを見つめる。

「うん、選択授業、なににしたかなって思って」

「えーと、あたしは……園芸かな」

　２年生になると、特別授業という好きな授業を選択できる制度がある。

　クラス替えの前に、事前にみんな選択していて、他にはダンスとかマナーとか、ディベートとか、変わった授業がたくさんある。

　あたしは花に興味があったから、園芸を選んだ。

「なんだ、俺と一緒だ！」

「えっ……渚くんも？」

　あたしは少し驚いた。

　渚くんは男の子だし、まさか園芸を進んで選ぶなんて。

「なぁー穂叶ちゃん！　渚ってば、女の子みたいだろー？」

「可愛いな、渚」

　琢磨くんと優真くんが、渚くんに両側から抱きつく。

「離れてくれ！　暑苦しいから！」

渚くんはそれでも離れようとしない双子に抱きしめられながら、もがいている。
「渚の家、花屋なんだよ」
　優真くんがそう教えてくれた。
「あ、優真！　バラすなよ!!」
　渚くんはそれがはずかしいのか、顔を赤くして頬をポリポリとかいた。
「なら……渚くんに教えてもらいたいな」
　きっと、渚くんの方が先生より詳しいはず。
　花屋さんの息子なんだし。
「え、女みたいとか思わない!?」
　渚くんはあたしにズイッと顔を近づけて、不安げに尋ねてきた。
　ち、近い……。
　そんなに、重要なことなのかな？
　そんな渚くんから、少し身をのけぞらせて距離を取ると、あたしは小さく笑った。
「どうして？　花屋さん……あたしはうらやましいと思うよ？」
「っ……あ、ありがとう……」
　なぜだか、渚くんはあたしをまじまじと見つめて固まる。
「渚、よかったな。やっと話……」
　すると、優真くんが渚くんを肘でつついた。
「ちょ、優真、黙ってろ！」
　渚くんは優真くんの口を手でふさいで、あたしを焦った

ような顔で見る。

「な、なんでもないんだ……ははっ」

「うん？」

　なんだろう、きっと聞かない方がいいことなんだろうな。

　あたしはあえて深く聞かないことにした。

　翌日、選択授業の時間。

　梨子、琢磨くん、優真くんの3人はダンスを選択している。

　梨子は剣道部で、双子はテニス部と、あたしと渚くんとはちがってアクティブだから、なんとなくダンスを選びそうな気がしていた。

「マーガレットか……この土だと、少し湿気が多いね」

　園芸を選択したあたしと渚くんは、今こうして土に種を植えている。

　ここは裏庭にある小さな花壇で、校舎が影を作ってしまっているからか、湿気が多いみたい。

「うーん……」

　渚くんは土を手のひらの上でサラサラと転がしながら、難しい顔をしている。

　渚くん、本当に花が好きなんだな……。

「ふふ……」

　真剣なその横顔を見つめながら、あたしは小さく笑う。

　それに気づいた渚くんは、あわてたようにあたしを見た。

「ご、ごめん！　つい……ははは」

涙のむこうで、君と永遠の恋をする。 ≫ 41

「渚くん……どんな土ならいいの？」

　あたしは土を両手ですくって、渚くんに尋ねる。

　すると、渚くんは驚いたようにあたしを見つめた。

「あ、うん！　水はけのいい、乾燥よりの土がいいんだ」

「……渚くん、すごいね」

　本当にすごい。

　渚くんは花の辞典のようで、なにを聞いても完璧に回答をくれる。

「そんな風に、これだけはって思えるモノがあるのが、うらやましいな……」

　あたしには……そんなのない。

　持っていないから、他人のモノがうらやましくなる。

「穂叶ちゃんにだって、できるよ」

「あたしは……」

　あたしは、自分がそんなものを見つけることが許されるとは思えないよ……。

　だって、いらないと言われ、ただ言いなりになって傷つく存在としてしか、必要とされなかった。

　　　──ドクンッ!!

「っ……はぁっ……はぁっ!!」

　まずい、また思い出して……。

　やだ、苦しいっ……。

　呼吸が苦しくなって、あたしは胸を押さえる。

　ドキドキドキドキと、だんだん鼓動が速くなる。

　ブレーキの効かない機関車みたいに、胸が痛くなってく

る。

　薬っ、薬飲まなきゃっ！！

　発作が起きたときのために、いつも首からさげているタブレットケースを探す。

　あれ、どこいっちゃったんだろう。

　いつもブレザーの下に隠して、肌身離さず持ってるのに。

　そこにあるはずの硬い感触は、服の上からはいくら探しても感じられない。

　まさか、スクールバッグの中に忘れちゃった！？

「穂叶ちゃん！！」

　渚くんがあたしの肩をつかみ、支えようとしたその瞬間。

『ほら、早くそれで、首を絞めろ！！』

　あの男が、縄跳びであたしの首を絞めようとする光景がフラッシュバックする。

「い、いや！！」

「ほ、穂叶ちゃん！？」

　──バンッ！！

　あたしは渚くんの手を振りはらって、その場から走りだす。

　怖い怖い怖い！！

　また、あの男があたしを殺しにくる！！

　苦しい、息ができない！！

　薬……薬飲まなきゃっ……。

　あたしは誰もいない教室に戻り、スクールバッグを引っくり返す。

涙のむこうで、君と永遠の恋をする。 >> 43

　——バサバサバサッ！

　机に落ちたバッグの中身の中に、タブレットケースを見つけた。

「はぁっ、はぁっ……」

　——カランッ、カランッ。

　過呼吸を抑えるセルシンの薬を手に取ろうとして、あたしは手の震えから、タブレットケースを地面に落としてしまう。

「うっ……」

　タブレットケースから出た薬が、二重に見えた。

　なんとか手に握ったセルシンを口に入れ、買っていた水で流しこむ。

「はぁっ、はぁ……」

　これできっと、もう大丈夫っ……。

　床に座りこんで息を整えていると、ふいに足音が聞こえた。

「穂叶……ちゃん、これ……」

　その声は、あたしのあとを追いかけてきた渚くんのものだった。

　渚くんは地面に散らばった薬を見て、言葉を失っている。

「っ……渚くん……」

　……見られた。

　あたしは、驚きでなにも言えない。

　ただ不安で、渚くんを見あげることしかできない。

　どうしよう、こんな大量の薬……。

渚くんに、絶対ヘンに思われるっ!!

あたしはPTSDの治療薬、抗うつ薬のルボックス、安定剤のレチソタンや、吐き気止めのナウゼリン、入眠剤のマイスリーなど、数多くの薬を飲んでいる。

副作用で眠くなることもあるけれど、今のあたしはこれがなければ心を保てない。

「……忘れて」

震える声で、静かに懇願する。

あたしは、ただそれだけしか言えなかった。

「なに言ってるの、穂叶ちゃん、まさかなにかの病気なんじゃ……」

「お願い、忘れてっ……」

声が震える。

もう、なにも言わせないで……。

話すことさえ苦しい。

……不幸だと思われたくない。

自分が、さらに価値のない人間なんだと思ってしまうから。

座りこんで震えるあたしの前に、渚くんがしゃがみこむ。

あたしはそんな渚くんを見られずにうつむいた。

「前に、窓から夕日を見ていたことがあったよね」

「え……?」

あたしは、ゆっくりと顔をあげて渚くんを見つめた。

渚くんの視線は、窓の方へと向けられている。

「見かけたことが……その、あったんだ」

涙のむこうで、君と永遠の恋をする。 **>>** 45

「あぁ……」

　渚くんの言葉に、あたしは苦笑いを浮かべる。

　たしかにあたしは、よく教室の窓から外を眺めていた。

　たぶん、高校1年生のとき、高校生活にもなじんできた
5月くらいかな。

　だけど……あのとき、あたしは……。

「夕日を……見てたわけじゃないんだ」

　あたしは、渚くんと同じように窓の外を見た。

　今度は渚くんが、あたしを見ているのがわかった。

「穂叶ちゃんは、なにを見てたの？」

　その言葉にあたしはゆっくりと立ちあがり、窓へと歩み
よった。

　その隣に、渚くんも立つ。

「この下の景色を見てた……」

　ここから飛びおりたら、楽になれるのかなって思って。

　一瞬の痛みで、この世界から消えることができるのか
なって。

　そんなこと、渚くんには絶対に言えないけど……。

「どうして……」

「それは……秘密かな」

　あたしはまた作り笑いを浮かべて、窓から離れる。

　そして、散らばった薬を拾って片づけた。

「授業に戻らなきゃ」

　あたしは教室の入り口に立ち、渚くんを振り返った。

「渚くん……行かないの？」

「あ……うん、行く！」

　渚くんはなにか言いたそうだったけど、こちらに駆け
よってくる。

　その後、授業に戻ったけど、渚くんは薬のことや、窓の
外を見ていた理由を聞いてきたりはしなかった。

＊　＊　＊

　放課後。

　あたしと梨子、渚くんに琢磨くん、優真くんの５人で、
校門まで一緒に歩く。

　夕日が５人の影を地面に映しだしていた。

　そして、校門の前まで来ると、琢磨くん、優真くんは左
に、梨子と渚くんは右へと自然に分かれる。

　それぞれ、その方向に家があるらしい。

　あたしの家も右なんだけど、あたしには放課後、毎日寄
る場所があるから、信号を渡ってまっすぐだ。

「なぁなぁ、みんなで遊び行かね？」

　琢磨くんの提案に、優真くん、渚くん、梨子がうなずく。

「あ、でも穂叶……」

　あたしの事情を知っている梨子は、ハッとしたようにあ
たしを見た。

「や、やっぱり、あたし……」

「梨子、大丈夫だよ」

　あたしのために断ろうとする梨子を制止する。

涙のむこうで、君と永遠の恋をする。 ≫ 47

　……いつもそう。
　あたしのために我慢する梨子に感謝する半面、自分が重荷になっていると思うと苦しくなる。
「あたしは、用事があるのでここで……」
　みんなに向きなおり、ペコリと頭をさげた。
「あ！　なら、俺送るよ？」
　そう言ってくれる渚くんにあたしは笑みを向け、首をフルフルと横に振った。
「ううん、大丈夫だよ。ありがとう」
　これは、やんわりとした拒絶。
　それを感じとった渚くんは、さびしそうに笑みを浮かべた。
「……なら！　今度また一緒に遊ぼう！」
　渚くんの言葉に、あたしは感情のこもっていない笑みを返す。
「うん……ありがとう。じゃあ、また明日」
　そう言って、みんなに手を振った。
　そんなあたしを、なにか言いたげに見つめる渚くんに気づきながらも、背を向ける。
　そして、お母さんが入院する病院までの道のりをひとりで歩いた。
　夕日があたしを照らして目の前に影を映す。
　その影は、あたしが必死で隠している弱い自分のように思えた。
　気分が落ちこみそうになったあたしは、影から視線をそ

らして前を向く。

　これから会うのは、お母さん。

　精神科病棟に入院して4年ほどたった今も、回復の兆しは見えていない。

「305号室……」

　あたしはお母さんの病室の前で立ちどまる。

　そして、そっと深呼吸をした。

『あんたが……悪いのよ？　あんたじゃなくて、男の子が生まれれば、幸せになれたのに!!』

　あの言葉が、今も頭にこびりついて離れない。

　だから、いつもお母さんに会いにくるときは、怖くなる。

　だけど……。

　どんなに辛い思いをするのだとしても、あたしの大切な家族。

　あたしのせいで心が壊れてしまったお母さんを、見捨てることなんてできない。

　それに、自分が傷ついているうちは少しだけ……許された気になるから、あたしはこうしてここに通っているんだと思う。

　そしてなにより、どんなに存在を否定されても、あたしがお母さんに会いたいから、毎日来てしまうんだ。

　──カラカラ……。

「……お母さん、会いにきたよ」

　スクールバッグの持ち手をギュッとつかんで、ベッドに

座るお母さんを見つめる。

「あのね、今日お父さんが来て、この子のことを可愛いってなでてくれたの」

　お母さんは、くまのぬいぐるみの頭をなでながら、幸せそうに笑う。

　たぶん、お母さんにとってこのくまのぬいぐるみは、待望の男の子なんだ。

　お父さんが望んだ男の子に見えているんだと思う。

「そうなんだ……よかったね、お母さん」

　あたしは、お母さんの前に丸イスを置いて座った。

　その目は、もうなにも映していない。

　きっと、幸せな夢の中にいるんだ。

「ねぇ、あなたはだあれ?」

「っ……」

　　──ズキンッ。

　何度も聞いた言葉なのに、そのたびに心臓は痛んだ。

　お母さんの目には、望まなかった娘の姿は映らない。

「あたしは……」

　あなたの娘だよ……。

　そう言えたらどんなにいいか。

　でも、あたしはもう、お母さんを傷つけたくない。

　だから、あたしのことを忘れたままでもいい……。

『殺しても……いいよ……』

　あのときの気持ちは……今でも変わらない。

　死ぬのは怖いけど、お母さんが本当にあたしを殺したい

と思うのなら、あたしは窓から飛びおりるよ。

「お母さんの……ううん、由子さんのお友達だよ」

　あたしは悲しみを押し殺して、無理やり口角をあげる。

　心は泣いていて、きしんでいて、今にも壊れそうなくらいに痛むのに、必死に笑う。

　お母さんを守るための嘘なら、いくらでもつくよ。

　そのたびにあたしが苦しむのは、仕方のないことだから。

「そう……なら、話を聞いていってね」

　そう、いつもこの夢のような、お母さんの望む世界の話を聞くのが日課。

　もう二度と、叶うことのない夢。

「うんっ……」

　それを聞きながら、あたしはいつもポロポロと涙を流す。

　そのときだけは、お母さんが笑ってくれるから……。

　それがうれしくてなのか、苦しくてなのか……もう自分でもわからなかった。

涙のむこうで、君と永遠の恋をする。 >> 51

さよならの涙に決意する

【穂叶side】

始業式から1週間がたった。

「おはよう……おばあちゃん」

あたしは2階の自分の部屋から出て、1階のリビングにいるおばあちゃんに声をかける。

「おはよう、穂叶ちゃん。朝ご飯できてるからね、一緒に食べよう」

おばあちゃんはテーブルにお味噌汁、肉じゃが、ブリの照り焼きを並べた。

おばあちゃんは、今年で66歳になる。

あたしとお母さんを助けてくれた人。

どんなときでも優しく笑いかけてくれる、大好きなおばあちゃんには感謝の気持ちでいっぱいで、いつか恩返しをしたいと思っている。

そのためには、あたしが早く元気にならなくちゃ……。

「いただきます」

「うん、お食べ」

あたしは手を合わせて、朝食に箸をつけた。

もくもくと食べるあたしを、おばあちゃんが優しい笑みで見つめている。

本当はお腹、空いてないんだけどな……。

あの男がいたときは、腐った物ばかりで、まともな食事

なんてできなかった。

　生きるために仕方なく口をつける生活をしてたからかな。

　あまり食べることに楽しみを感じない。

　食べないとみんなが心配するから、無理やり流しこむだけ。

『ここで速報です。今日午前2時頃、「子供の泣き声が聞こえる」と近隣住民から通報があり……』

　テレビから流れるニュースが気になり、あたしは顔をあげた。

　テレビ画面には、【幼児虐待により、6歳男児死亡】の文字。

　──ドクンッ……ドクン、ドクンッ!!

　心臓が、早鐘を打つ。

　まばたきも忘れるほど、瞳孔も散大するほどにテレビから目が離せない。

「はぁっ、はぁっ……」

「穂叶ちゃん、すぐにチャンネル変えるからね!」

　肩で呼吸をするあたしに、おばあちゃんはあわてたように声をかける。

『ベランダに全裸で1ヶ月放置し、死亡させた容疑で、母親を逮捕……』

　脳裏に、ベランダに閉めだされたときの光景が鮮明に浮かんだ。

　あたしがいくら『助けて』と叫んでも、男は楽しそうに

笑い、お母さんは……目線をそらした。

　一番信じている人に見捨てられたことが、辛くて苦し
かった。

「いやぁぁっ!!」

　あたしは耳をふさいで、座っていたイスから転げ落ちる。

　あの男が近くにいるような気がして、目をギュッと閉じ
た。

「穂叶ちゃん、昔のことは思い出しちゃダメ！」

　おばあちゃんの言葉に、あたしは我を忘れて泣きさけぶ。

「そんなの無理!!　そうしたくたって、勝手にあの男が出
てくるの!!」

　パニックを起こしていた。

　おばあちゃんは、あたしを抱きしめて泣く。

「おばあちゃんは、どうしたらいい？　穂叶ちゃんにして
あげられることはない？」

「私もっ、どうしたらいいのか……わからないよっ……う
うっ……」

　泣きだすあたしの頭を、おばあちゃんはなでてくれる。

　おばあちゃんが、あたしの見ていないところで泣いてい
るのを知っている。

　おかしくなってしまったお母さん。

　パニックを起こすあたし。

　以前のふたりに戻ってほしい……そんな気持ちが痛いほ
ど伝わってきて、苦しい。

　その優しささえ、あたしを追いつめていくんだ。

「ごめんね、ごめんね、穂叶ちゃん……」

「ごめんね」なんて言わないで。

おばあちゃんの重荷になりたいわけじゃない。

なのに、なのに……そうなっている自分が、大嫌い。

この世界で一番あたしのことを大切にしてくれているおばあちゃんが、なぜだか怖い。

優しくされればされるほど、怯えてしまう。

……どうして？

もう、死んじゃいたい。

あたしがいなければ、誰も不幸にならない。

みんな楽になれる。

だけど……そう口にしようとして、言えずに唇を噛んだ。

──プツッ。

唇が切れた気がしたけど、そんなことどうでもよかった。

死んでしまいたいと、あたしさえいなければと、言葉にできないことが辛い。

だって、言ったらおばあちゃんが悲しい顔をする。

また、あたしのせいで……。

いろんな感情に、がんじがらめにされる。

だから、あたしはそっと息をはいて、感情を感じないように、なにも考えないように、心を切り離す。

そう、いつもそうして、あたしは生きてきたんだ。

フラッシュバックを起こしたあたしは、安定剤を飲んでどうにか落ちつき、登校した。

涙のむこうで、君と永遠の恋をする。　**>>** 55

「おはよう、渚くん」

　自分の机にスクールバッグを置いて、クラスメイトと話していた隣の席の渚くんに声をかける。

「あ！　おはよう、穂叶ちゃん！」

　すると、渚くんはなんだかうれしそうにあいさつを返してくる。

　なにか、いいことでもあったのかな……？

　不思議に思いながらも席に着くと、渚くんはガタンッとイスをあたしの方へ向けて座りなおした。

　梨子は剣道部、優真くんと琢磨くんはテニス部の朝練に参加しているので、まだ教室にはいない。

　渚くんは花屋さんのお手伝いがあるらしく、部活には入っていないらしい。

　あたしも、お母さんのことがあるから部活には入らなかった。

「あれ……穂叶ちゃん、ちょっとこっち向いて？」

「え……？」

　渚くんは、あたしに顔を近づける。

　──ドキンッ。

　わっ……渚くんの顔が近くにっ。

　不安から来るドキドキとはちがって、これは……。

　甘く切ないような……経験したことのないドキドキだった。

「唇、切れてる……血が少しついてるよ」

　渚くんは「たしかここに……」なんて言いながら、ガサ

ゴソとスクールバッグの中をあさっている。

　朝、唇を噛んだからだ……血、出てたの気づかなかったな。

　渚くん、なにを探してるんだろう？

「あった！　はい、穂叶ちゃん」

　そう言って、渚くんはなにかを差し出す。

「これ……」

　渚くんの手には、薄い青色、花柄のハンカチ。

　え、これ渚くんの？

　それにしては、可愛いハンカチだ。

「お、俺の趣味とかじゃないんだ！　母さんが、誕生日にくれて……。かっこ悪いよな……はぁ……」

　ハンカチを手渡した渚くんは、はずかしそうに顔を赤らめている。

　それを受けとると、たまらなく胸が熱くなった。

　なんだろう、人の優しさが辛かったはずなのに……。

　今、胸にあるのは、泣きたくなるような、満たされるような感覚。

　これを、人はなんていうんだろう。

　うれしい、悲しい、苦しい。

　そのどれにも当てはまらない感情。

　ポロッ。

　こぼれてしまった、ひとしずくの涙。

　あぁ、あたし……どうして泣いてるんだろう。

「穂叶ちゃん……？」

渚くんは、あたしの顔を見て驚いたのか、目を見開いた。
「ありがとう……」
　ただ、そう伝えたくてたまらなかった。
　不思議と満たされるこの気持ちが、涙になって流れる。
　渚くんのハンカチでそっと目を覆った。
　あたしは今、渚くんの目にどんな風に映ってるんだろう。
　きっと、急に泣いたりして迷惑に決まってる。
「今日……1限目は、休むね」
　あたしはそう言って立ちあがり、そそくさと廊下へ出た。
「穂叶ちゃん！」
　すると、すぐにパタパタと足音がうしろから追いかけて
くる。
「穂叶ちゃん、待って！」
　渚くんが追いかけてきてくれていることに気づいたけ
ど、足は止めなかった。
　グイッ。
　でも、渚くんの足の方が圧倒的に速く、あたしはうしろ
から手をつかまれてしまう。
「っ!!」
　てっきり、体が拒絶すると思った。
　それなのに、あの湧きあがるような恐怖も、震えもいっ
こうに出てこない。
　あれ、まただ……。
　あたし、どうして……。
　手をつかまれたまま、あたしは不思議な気持ちで渚くん

を見つめる。

「渚くんになら、触れられても大丈夫ってこと……？」

「え？」

「信じられない……」

　あたしにとって、渚くんはなにもかもがイレギュラー。

　あたしが自分を閉じこめるために築いた檻を、壊されてしまいそうになる。

　それほどまでに、渚くんは簡単にあたしの心の中に入ってくるんだ。

「穂叶ちゃんは……桜みたいだ」

　渚くんは、切なそうにあたしを見つめていた。

「え……？」

　渚くんの言葉に、あたしは廊下のまん中で首を傾げる。

　渡り廊下の窓ガラスからは、太陽の光がいっぱい差しこみ、あたしたちを光で包んでいた。

「ハラハラ散って……こうして手をつかんでいないと、どこかにさらわれちゃう」

　え……？

「渚くんは……」

　不思議なことを言うんだな。

　あたしは、そのあとの言葉を続けられず、ただ渚くんを見つめた。

　あたしが、桜みたいだなんて……。

　そんなに、綺麗な人間じゃないのに。

「穂叶ちゃん、さらわれるときは、俺も連れてって。ひと

りで泣いたりしないで」

「え……」

「だって、1限目を休んで、保健室でひとり泣くつもりだったんだろう？」

　どうして、わかったんだろう……。

　見すかされてる、そう思った。

　困ったように笑い、あたしを見つめる渚くん。

　眼差しは優しいのに、その手は強く、あたしの手を離さない。

「理由は聞かない。だから、せめてそばにいさせて」

　どうして……？

　みんな、あたしに「どうして」、「どうすればいいの」という言葉ばかり投げかけてくる。

　どうして、泣いてるの。

　どうして、昔のことを思い出そうとするの。

　どうやって、接したらいいの。

　どうすれば、気持ちが楽になるの。

　そのたくさんの"どうして"があたしを責めて、追いつめるんだ。

　なのに、渚くんはなにも聞かずに、そっと寄りそってくれる。

「どうして……聞かないの」

　あたしは、うつむいたまま尋ねる。

　そんなあたしに1歩、渚くんが近づいたのに気づいた。

「聞いてほしそうには……見えなかったから。だから、も

し気が向いたら、聞かせて？」

「っ……不思議な人……」

　あたしの気が一生向かなければ、永遠に渚くんに話すこともないかもしれないのに……。

　ポタリと、涙が床に落ちた。

　……本当に不思議な人。

　なにも聞かずに、見返りもなくそばにいる。

　そんな、優しすぎる人なんているの？

　ただの、興味本位？

「あ、でも……ひとつだけお願いがあるんだ」

「……なに……かな」

　あたしはうつむいたまま、渚くんの言葉を待つ。

「その……涙を拭いてもいい……？」

　え……？

「……渚くん、泣いてるの？」

　うつむいているから、渚くんの顔は見えない。

　だから、てっきり渚くんは泣いているのだと思った。

「ははっ、ちがうよ。俺のじゃなくて、穂叶ちゃんの涙を拭きたいんだ」

「え……？」

　フワリと、甘いフローラルの香りがした。

　渚くんがすごく近くにいることに気づく。

　花の……落ちつく香りだな……。

　顔をあげると同時に、あたしの頬に伝う涙を渚くんが指で拭った。

温かい、自分以外の体温があたしに触れる。

男の人にさわられているのに、不思議……全然怖くない。

「いつか、穂叶ちゃんの本当の笑顔が見たいな」

「本当の……笑顔……」

まさか、渚くんはあたしが本当に笑っていないことに気づいていた？

驚きに目を見開き、渚くんを見つめる。

曇りのない、綺麗な瞳だと思った。

この人にさわられても、見つめられても、怖くない。

「絶対、すっごく可愛いんだろうな！」

パァッと笑う渚くんの笑顔に、目を奪われる。

まるで、花が咲くみたいに笑うんだな。

なんでだろう、すごく落ちつく……。

いつまでも見つめていたい、そう思いながら……あたしは渚くんの笑顔を目に焼きつけるように見つめた。

＊　＊　＊

『穂叶、どうしてあなたが生まれてきたの』

え……？

気づけば、あの家にいた。

お母さんはあたしの上に馬乗りになって尋ねる。

そして、泣きながらあたしをにらみつけるんだ。

『お父さんは、あなたのせいでいなくなったのよ!!』

お母さんが、あたしの首を絞める。

苦しい、声が出ない……。

どうしてだろう、何度も見た光景なのに、苦しみと悲し
みは底を知らずに溢れてくる。

あぁ、このまま死ねたらどんなにいいか……。

そうしたら、お母さんはまた……笑ってくれる？

「……ちゃん、穂叶ちゃん」

あ……。

誰かがあたしを呼んでいる。

あの男でも、お母さんでもおばあちゃんでもない。

誰……？

不思議に思い、あたしはそっと目を開けた。

フワリと、またあのフローラルの香りがする。

視界に入ったのは、サラサラの黒髪。

「うなされてたみたいだから……ごめん、起こしちゃって」

「渚くん……。あたし……寝ちゃってたんだね」

そうだ……。

１限目は渚くんと一緒に、体調が悪いからと保健室でサ
ボった。

保健室の先生は会議でいなかったから、ふたりで話をし
ていたんだっけ。

でも、少し疲れてしまって、あたしだけ横になってるう
ちに眠ってしまったらしい。

うなされてたって……まただ。

おばあちゃんとふたりで暮らすようになってから、「忘

涙のむこうで、君と永遠の恋をする。 **>>** 63

れるな」と言われているかのように、ずっと悪夢を見続け
ている。

「ほんのちょっとだけだよ。もう少しで1限目が終わる頃
だ。それより、ひどい汗だね」

渚くんは、あたしの手から青い花柄のハンカチを取ると、
額の汗を拭ってくれた。

「渚くん、名前を呼んでくれて……ありがとう」

でなきゃ、またあたしは死にたくても死ねず、延々と「生
まれてこなきゃよかった」と自分の存在を否定される。

そんな、悪夢を見続けるところだった。

「穂叶ちゃん……夢の中でも俺の声が届くなら、何度だっ
て呼びかけるよ」

渚くんは、あたしの手を握る。

優しすぎる渚くんに、あたしはなにも話せないことが申
しわけなかった。

——キーンコーンカーンコーン。

1限目の終わりを知らせるチャイムが鳴り、あたしは
ゆっくりと体を起こした。

それと同時に、渚くんの手が離れる。

「あ……」

「……穂叶ちゃん?」

あたしは今、なにを言おうとしたんだろう。

手を離さないで?

まだ触れていたい?

離れていく体温が少しさびしい?

どれも、今胸の中にある感情だった。

「ううん、なんでもない」

　あたしは首を左右に振り、そっとベッドから立ちあがる。

　開いていた保健室の窓から、ふわりと春の風が入ってきた。

　それはあたしの短い黒髪を優しく揺らす。

「やっぱり、穂叶ちゃんは桜みたいだ」

「渚くん……？」

　ボーッと窓の外を見つめていると、そんなつぶやきが聞こえてきた。

　さっきも同じようなことを言っていたけど、渚くんは本当に不思議なことを言う。

「ううん、そろそろ行こうか」

　そう言って渚くんは立ちあがり、あたしに手を差し出した。

「あ……うん」

　離れた手が、もう一度繋がれる。

　この手なら、信じても大丈夫……そう思えた。

　ふたりでクラスに戻ると、琢磨くんと優真くんにさんざんからかわれた。

「おいおい、抜けがけかよ！」

「え、どっちに対して？　渚姫への嫉妬？　それとも穂叶ちゃんへの嫉妬？」

　叫ぶ琢磨くんに、首を傾げる優真くん。

涙のむこうで、君と永遠の恋をする。 >> 65

「バカな双子は置いといて、本当に心配したよ、穂叶！」

　梨子が、あたしをギューッと抱きしめてくる。

　本当に心配してくれているのがわかった。

「ごめんね、梨子」

　あたしは梨子の背中に手を回しながら、そっと目を閉じた。

「次の時間は、球技大会の種目決めだってさ」

　優真くんが黒板を指さす。

　黒板には、男子の種目はバスケットボール、テニス、ドッジボール。女子はバレーボール、テニス、ドッジボールと書かれていた。

「ドッジボールは男女混合らしいわよ」

　梨子はあたしを抱きしめたまま、そう答える。

　球技大会……。

　運動はあまり得意な方じゃない。

　どちらかといえば、勉強の方が好きなんだけどな。

「男女混合って……女の子、あぶなくないか？」

　驚く渚くんは、心配そうにあたしを見る。

「ちょっと、渚。やけに穂叶のこと気にするじゃない？」

「え!?」

　怪訝そうに見つめる梨子に、渚くんはなぜか大きな声をあげて、焦っていた。

「もしかして、穂叶が好き……」

「わー!!　俺、聞こえてないから！」

　渚くんは、顔をまっ赤にして耳をふさぐ。

そんな渚くんを見ながら、梨子がニヤッと笑ったのを見逃さなかった。

「もう、梨子、からかってるでしょ？」

　もうやめてあげて、という意味をこめて、あたしが梨子に声をかけると……。

「あはは、バレたか。渚って、本当にイジリがいあるよね」

　梨子はすぐに渚くんをからかっていたことを認めた。

　やっぱりだ……梨子ってば、そんな冗談ばっかり言って。

　渚くんがあたしなんかを好きなわけないのに。

　そんな梨子を、渚くんは涙目で見ている。

「だろ!?　渚はイジるとすぐ泣きそうになるから可愛いんだよな……痛ぇ!!」

　便乗する琢磨くんに、渚くんは軽く蹴りを入れた。

「まぁまぁ、お前が可愛いのが悪いぞ、渚」

「お前が一番ひどいからな！」

　なぐさめるように肩に手を置く優真くんに、渚くんはすかさずツッコミを入れる。

　仲よしだな、みんな……。

　いつの間にか、このメンバーでいることが多くなった気がする。

　不思議。

　1年生のときは梨子ともちがうクラスだったから、ほとんど席から動かずにいつもひとりだった。

　昼休みには、梨子が隣のクラスから遊びにきてくれたり、部活が休みのときは病院まで送ってくれたりしたけれど。

涙のむこうで、君と永遠の恋をする。 》》 67

　いつの間にか、自分の周りがにぎやかになっている。

　だけど……いつでも、孤独感が消えない。

　あたしはたしかに、ここにいるはずなのに……。

　なんで……？

　あたしだけが、みんなとはちがう感覚。

「それではこれから、球技大会の種目決めをしまーす！」

　クラス委員が前に出て、種目決めを始める。

　あたしたちは自然と自分の席へと戻った。

「運動苦手な人は、ドッジボールがオススメです」

「穂叶、どうする？」

　クラス委員の言葉に、梨子があたしを振り返った。

　運動は苦手だし、バレーボールやテニスは、素人が簡単にできる種目じゃないから……。

「あたしは……ドッジボールかな」

「なら、あたしも……」

　そう言いかける梨子に、あたしは首を横に振った。

　梨子、またあたしのために合わせようとしてる。

　心配してくれるのはうれしいけど、それで梨子を苦しめるのは、嫌。

「梨子は、好きなものをやって？」

「え？」

「あたしのため……とかじゃなくて、梨子の好きなもの」

　梨子、中学のときはバレーボール部だったのに、高校では剣道をやりはじめた。

　あたしの過去を知って、守りたいんだって言ってくれた

ことを、今でも覚えている。

　あたしのためにしてくれたことだとわかったから、なにも言えなかった。

　だけど、大切な親友だからこそ、あたしのせいでしたいことができないとか……嫌なんだ。

　あたしは、梨子を縛りつけたくなんかない。

「バレーボール、やったら？」

「穂叶……穂叶が言うなら、そうしたい」

　ためらいがちにそう言った梨子に、あたしは笑みを向けた。

　梨子まで、あたしの苦しみに巻きこむわけにはいかないよ。

「穂叶ちゃんはドッジボール？」

「うん、渚くんは？」

　隣の席から話を聞いていた渚くんの言葉に、あたしはうなずく。

　そういえば、渚くんはスポーツとかやるのかな？

　部活は入っていないみたいだけど……。

「俺も、運動は苦手なんだ。だから、ドッジボールにする！」

「そ、うなんだ……」

　突然笑みを向けられて、胸がドキッと高鳴った。

　あたしはとっさに胸を押さえる。

　渚くんが同じ種目でうれしかった。

「苦手？　渚は、めちゃくちゃ運動神経いいじゃん！」

　琢磨くんの言葉に、渚くんはあわてはじめる。

涙のむこうで、君と永遠の恋をする。 　>> 69

「いや、あの……ほら！　バスケとかテニスって簡単にできる競技じゃないからさ！」

「へぇ……？」

「ニヤニヤすんな!!」

　なぜだか意味深に笑う優真くんを、渚くんがたたく。

　運動が苦手なわけじゃなくて、やったことがない競技よりも、慣れているドッジボールにするってことなのかな？

「穂叶ちゃん、一緒にがんばろう！」

「うん」

　──ドキッ。

　まただ……。

　渚くんが笑いかけてくれるたびに、心臓がおかしい。

「双子はなにやんの？」

「オイ！　双子でまとめんなよ!!」

「僕たちは、テニスのダブルスだよ」

　梨子の言葉に、琢磨くんと優真くんがそう答える。

「部活でもコイツら、ダブルス組んでるんだよ。飽きないよなぁ」

　そう言って笑う渚くんを、あたしは見つめる。

　あぁ……やっぱり、この笑顔だ。

　この笑顔に、あたしの心臓はいちいち反応する。

　胸が高鳴る不思議な現象に、あたしは首を傾げるしかなかった。

秘密

【穂叶side】

　5月、ついに球技大会の日がやってきた。

　あたしは紺色の大きいジャージに身を包み、梨子の元へと歩みよる。

　更衣室で、梨子は長い髪をポニーテールにしているところだった。

「ごめん、ちょっと待ってて！」

「ゆっくりで大丈夫」

　あわてだす梨子に、あたしは笑みを向けた。

「って穂叶、ふふっ！　いつ見てもジャージに着られちゃってるよね」

　袖が長くて手が隠れてしまうジャージを、あたしは再度見おろす。

　3年間着るんだし、大きめの方がいいかなと思ったんだけど……。

　Mサイズじゃなくて、Sサイズでもよかったかな。

　思ったより、背が伸びなかったんだよね。

「うん、Sサイズにすればよかったな」

　そんなことを話しながら、あたしたちは更衣室を出て教室へと戻る。

「おー、来た来た！　穂叶ちゃん！　梨子ー！」

　すると、廊下のどまん中で手をあげて叫ぶ琢磨くん。

涙のむこうで、君と永遠の恋をする。　≫　71

「ったく！　アイツ、本当にうるさい！」

　梨子はそう言ってズカズカと琢磨くんに歩みより、パシンッと頭をたたいた。

「いってぇー!!」

「静かにしなさいよ！」

　頭を抱える琢磨くんと、腰に手を当てて怒る梨子。

　なんだか、ふたりとも楽しそう……。

　あんな風に笑うなんて……もしかして、梨子は琢磨くんのことが好きなのかもしれない。

　あたしは廊下で立ちどまりながら、梨子たちを見つめた。

　梨子に大切な人ができたならうれしい。

　どうか、あたし以外に大切な誰かができますようにと、ずっと願っていた。

　さびしいけれど、梨子まであたしの過去に囚われなくていい。

「穂叶ちゃん！　どうしたの、こんなところで立ちどまって……って、あのふたりを見てたのか」

　駆けよってきた渚くんが、あたしの視線の先を見つめて納得したようにうなずく。

「向こうに行こうよ」

　そう言った渚くんを止めるように、ジャージの袖をつかんだ。

「え、穂叶ちゃん!?」

「もう少し……ふたりをこのままに」

　声からして、渚くんがあわてているのはわかった。

それでもあたしの視線は、ふたりに向けたまま。

　今はあのふたりの邪魔をしたくないから、あたしは渚く
んを引きとめた。

「なんだか、さびしそうだね」

「……そうかな」

　心配そうな渚くんの声に、あたしは強がった。

　本当は、ひとりになってしまうことが不安だったのかも
しれない。

「今日は、俺が穂叶ちゃんのそばにいる」

　渚くんは、服の袖をつかんでいたあたしの手をしっかり
と握った。

「渚くん……？」

　驚いて、あたしは隣の渚くんを見あげた。

　また、あの優しくて綺麗に澄んだ瞳と目が合う。

「俺に、穂叶ちゃんを守らせてよ！」

「あっ……」

　フワッと笑う渚くんに、何度目を奪われたんだろう。

　あぁ、不思議。

　切なかった気持ちが、まるでなかったかのように、満た
されるような温かい気持ちに変わる。

「……渚くん、どうして……」

「ん？」

　ポツリとつぶやいたあたしの言葉に、渚くんは不思議そ
うな顔をする。

　渚くんはどうして、あたしに優しくしてくれるの？

どうして、あたしの不安に気づいてくれるの？

どうして、そのときに欲しい言葉を、渚くんはくれるの？

「ううん……なんでもない」

そう聞こうとして、あたしはやめた。

それを聞いたら、この瞬間が消えてしまう気がしたから。

理由が知りたくて言いかけた言葉は、最後まで紡ぐことができずに、あたしはただ首を横に振ることしかできなかった。

——ビュォォォォッ!!

体育館でドッジボールが開始されてから３分。

運動が苦手な人にオススメのはずのドッジボールのコートでは、命をかけた死闘が繰り広げられていた。

「っ……」

あたしは両手を握り、ギュッと目をつむる。

怖いっ、どうしてこんなことに……。

全然、話がちがうよ……。

「穂叶ちゃん！　目つむってたらあぶないよ！」

相手にボールを当てた渚くんが、こっちに走ってくる。

「でも、怖い……」

あんな、すごい速さのボールに当たったら、絶対に痛い。

そう思うと怖くて、あたしはその場から動くことができずにいた。

「あそこ狙えー!!」

「おう!!」

ボールを持った男子生徒が、固まっているあたしに狙い
をさだめて、勢いよくボールを投げる。

「穂叶ちゃん!!」

　あたし、ボールなんて取れないよっ。

　どうしよう!!

　──ビュォォォオッ!!

「ううっ……」

　あたしはまた、ギュッと目をつむる。

　すると、スパァンッという大きな音が鳴りひびいた。

　……あれ?

　痛くない……?

　いつまでも来ない痛みに、おそるおそる目を開けると。

「女の子相手に、本気とか……」

　あたしの目の前に、背の高い男の人の背中がある。

　ひどく大きく、たくましく見えた。

　でも、この黒髪には見覚えがある。

「穂叶ちゃん……ケガない?」

　そう言って振り返ったのは、ボールをキャッチしてくれ
た渚くんだった。

　いつもの可愛らしい渚くんとはちがって、すごくカッコ
よかった。

「う、うん……」

　あたしは呆然とうなずいて、渚くんを見あげる。

「早くかたをつけないと、被害者が出るな」

　ボールを持って、渚くんはゆっくりと相手のコート前ま

涙のむこうで、君と永遠の恋をする。 **》** 75

で歩いていく。

あれ……いつもの渚くんと少しちがう気がする。

声が低いし、笑っているのにオーラが黒い……？

「おー、渚がキレたぞー」

「あーあ、渚がキレた」

応援に来ていた琢磨くんと優真くんが、おもしろそうに渚くんを見る。

「待って、それよりもなんなの、このドッジボール！　穂叶がケガしたらどうするのよ！」

同じく応援していた梨子の悲鳴が、ここまで聞こえてくる。

「渚ー!!　相手たたきつぶして、穂叶を守ってよ!!」

「……梨子？」

そんな大声で……。

しかも、たたきつぶしてって……女の子のセリフとは思えない。

梨子の言葉に苦笑いを浮かべていると、渚くんは突然、親指を立てて梨子に見せた。

「まかせて、3分で終わらせる」

え……？

まさか、渚くんがそんなことを言うなんて思わなかった。

そんな、熱い人だったっけ？

「じゃあ、遠慮しないから……なっ!!」

──ビュォォォォッ!!

渚くんの投げたボールが、相手チームの男子生徒たちを

倒していく。

　そのあとも、渚くんはクラスメイトと協力して、次々に相手チームを外野へと送った。

　女子相手には、軽く当ててサイドへと送っているあたりが紳士的だ。

　渚くんの活躍のおかげで、うちのクラスはみごと、ドッジボール部門で優勝した。

　テニスでも魚住兄弟のダブルスが優勝、バレーボールは梨子の活躍もあり、準優勝だった。

「渚、動きが規格外すぎて、びっくりしたわ！」

　帰り道、梨子がケタケタと笑いだす。

　今日は球技大会があったからか、部活動は休みだった。

　あたしたちはいつもの５人で横に並びながら、校門までの道のりを歩く。

「まさか、キャラ偽ってるんじゃないでしょうね？」

　うん、あたしも驚いた……。

　梨子の言葉に同感する。

　あのドッジボールのときの渚くんは、いつものおだやかで優しい渚くんとは、まるでちがって見えた。

「あ、あれは……ははは」

　苦笑いを浮かべる渚くんに、両サイドから琢磨くんと優真くんが肩を組む。

「穂叶ちゃんがあぶない目にあったから、だろ？」

「俺の女に手を出すな、的な？」

優真くんと琢磨くんがニヤニヤしながら渚くんを見る。

「え……」

あたしのために……？

って、そんなわけないよね……。

自意識過剰な考えに、あたしはブンブンと首を横に振った。

渚くんを見ると、パチッと目が合う。

渚くんは、すぐに顔をまっ赤にした。

「あの、えーと……穂叶ちゃんのこと、守り……たかったんだ……」

照れたように、頬をポリポリとかきながら言う渚くんの言葉に、あたしは目を見開く。

　　──ドキンッ、ドキンッ！

……胸がまた、いつもとちがう苦しさを連れてくる。

これは、怖いとかじゃなくて……切ないんだ。

うるさいくらい鼓動が速くなる。

「ヒューッ、愛されてるぅ！」

「琢磨、それ古くない？」

テンションが高い琢磨くんに、梨子は苦笑いを浮かべた。

「ヒューッ」

「優真、あなたはテンション低すぎ。やらなきゃいいのに」

棒読みの優真くんに、すかさず梨子がツッコミを入れた。

さんざんからかわれながら、あたしと渚くんは顔を見合わせられずにうつむく。

「渚くん……」

「は、はい！」

　そんな、あからさまに反応されるとはずかしい。

　でも、お礼だけはちゃんと言わなきゃ。

　……助けてくれたんだもん。

「ありがとう……あの、それじゃあ、また明日」

「え、穂叶ちゃん!?」

　あたしはペコリと頭をさげて、全速力でそこから駆けだす。

　はずかしくて、よくわからない感情に胸が苦しくて、渚くんの顔を見ていられなかったからだ。

　——カツンッ。

　なにか落ちたような、そんな音がした。

　だけどあたしは、はずかしさから逃げるのに必死で、そのまま走ったのだった。

「はぁっ、はぁっ……ふぅ……」

　病院の前までたどり着くと、そっと息を整える。

　そして、ゆっくりと病院を見あげた。

「…………」

　お母さん……。

　さっきまでの楽しかった気持ちも、うれしかった気持ちも、風船がしぼむように静かに消えていく。

　今あるのは、さっきのはずかしくて切ないドキドキとはちがう胸の痛み。

　これから、あたしはお母さんに他人として会わなきゃ

けないから。

「お母さん……会いにきたよ」

　病院を見あげたまま、ひとりつぶやくと、ジャリッとすぐ近くで砂を踏む音が聞こえた。

「穂叶……ちゃん？」

　振り返る前に聞こえた声に、胸が嫌な音を立てる。

　嘘、どうしてここに……？

　あたしは振り返れずに、前を見たまま動けない。

「どうして、渚くん……」

「ごめん、鍵、落としていったから……」

　声で、渚くんがなにか言いたそうにしているのがわかる。

　やめて、お願い聞かないで。

　どうしてこの病院の前にいるのか、そう聞かれたら、うまくごまかせる自信がないから。

　あたしは、ゆっくりと振り返る。

　差し出されている手には、あたしの家の鍵が握られていた。

　さっき、なにか落ちたような音がしたのは……あたしの鍵だったんだ。

　わざわざ届けにきてくれたんだね……。

　なら、なおさら渚くんが悪いわけじゃない。

　なのに、渚くんはあたしに謝る。

　たぶん、病院の前にいるあたしは、見てはいけない、触れてはいけないものだったと気づいたからだと……思う。

「穂叶ちゃん……聞かない。聞かないから……」

あたしはうつむいたまま、渚くんの顔を見られなかった。

　そんなあたしの手に、渚くんが鍵を握らせる。

　怖い、知られたくない。

　かわいそうな子、みんなとちがうって、思われたくない。

　そう思って必死に隠してきたのに……。

「穂叶ちゃん、穂叶ちゃんの顔を見せて……」

「っ……なんで、ここまで見て聞かないでいてくれるの」

　もう、あきらかにあたしがなにかを隠していることはわかってるはずなのに……。

　前にもした質問を、渚くんに投げかける。

「怖いんだ」

「え……？」

　渚くんの一言に、あたしは驚きで顔をあげる。

　どうして、あたしではなく、渚くんが怖いの？

「穂叶ちゃんは、近づきすぎると……もう二度と、俺を見てくれない気がして」

「それは……」

　……そうだ。

　あたしは、自分のすべてを知られたら、きっとその人から離れていく。

　それが、たとえどんなに大切で、大好きな人であっても。

　梨子だけは、あたしが虐待にあう前からの友達だから、そばにいるけれど……。

　でも、自分の過去に梨子も縛りつけてしまった。

　あたしのためにと動く梨子を見るたび、自分の罪を見て

涙のむこうで、君と永遠の恋をする。 >> 81

いるような気がして苦しい。

　もう、こんな苦しみは知りたくないんだ。

「そうだよね、穂叶ちゃん」

　渚くんは、迷いなどないように、そう言いきる。

「なら俺は、すべてを知れなくてもいいから、穂叶ちゃんのそばにいたい」

　人は、すべてを知りたがる生き物だ。

　なにを思っているのか、考えているのか……。

　その行動にどんな意味があるのか確かめたくて、「どうして？」って、たくさん聞いてくる。

　それはたぶん、わからないことが怖いからだ。

　わからないことで、失敗したり、恥をかきたくないから。

　その行為が……どれだけその人の心を土足で踏みあらすのかも知らないで。

　だけど、渚くんは……すべてを知れなくてもいいって言う。

　あたしはその言葉にホッとした。

　なにも言わなくても、そばにいていいよって言われているみたいで……。

　あたしはそれが……うれしいだなんて思うんだ。

　でも、渚くんがあたしのすべてを知っても、同じ言葉をかけてくれるのかな？

「……渚くんが見てるあたしが……」

「え……？」

「本当のあたしじゃなくても？」

今のあたしは全部が作り物。

自分を守るために作った檻が本当のあたしを隠して、偽物のあたしを作った。

いい子で嫌って言わなくて、なんでも周りに合わせて当たりさわりなく生きている。

本当のあたしは弱くて、なんの力もなくて、誰かを不幸にすることしかできないから。

ただ必死に、みんなと同じになろうとしている。

「あたしは……渚くんにそばにいたいと思ってもらえるような人間じゃないよ」

泣きそうで、声が勝手に震えだす。

それを必死に我慢しようと、唇を噛んだ。

「そっか……だからあのとき、唇ケガしてたんだね」

渚くんはそう言って、ゆっくりと、でも確実にあたしとの距離を詰めてくる。

な……に……？

どうして、あたしに近づいてくるの？

あたしは、1歩後ずさった。

たぶん、隠しているものを知られてしまいそうで、怖くなったんだ。

「自分を傷つけないで、穂叶ちゃん」

なら、あたしはどこに、この葛藤をぶつければいい？

弱い自分を見られたくないと思いながら……。

まっすぐに向き合ってくれる渚くんに、応えたい。

心を開けたらって、そんなバカみたいなことを考えるの。

涙のむこうで、君と永遠の恋をする。　≫　83

　でも……それで渚くんのことも縛りつけてしまったら？
　巻きこみたくないし、渚くんには嫌われたくないっ。
　自分が傷つくなら、べつになんてことないんだよ。
　だけど、渚くんのことは傷つけたくない。
「優しくしてもらう資格、ないっ……」
　あたしは泣きながら、また１歩後ずさる。
　そして、大きく息を吸って、はいた。
「穂叶ちゃんの過去はわからないけど……少なくとも、一
緒に過ごしてきた今の穂叶ちゃんは、なにかにいつも耐え
てるようで、悲しそうで……」
　渚くんからはそんな風に見えてるんだ、あたし。
「俺が笑顔にできたらいいのにって、何度も思った。だから、
俺が勝手に優しくしたいんだよ、穂叶ちゃんにっ」
「渚くん……どうして、そこまで……」
「俺さ、あの双子にも言われたとおり、認めたくないけど
女顔で、花屋の息子っていうのもコンプレックスだったん
だ」
　そういえば、渚くんの家が花屋だっていうのを優真くん
にバラされたとき、あわててたっけ。
「でも、穂叶ちゃんは笑わずに、すごいねって言ってくれた。
俺……うれしかったんだ。あぁ、この子は、優しい女の子
なんだなって思った」
　優しい、だなんて……。
　誰かを不幸にすることしかできないあたしが？
　でも、どうしてかな。

渚くんの言葉なら信じたい。

　渚くんがそう言ってくれるのなら、自分のこと、少しは好きになれるんじゃないかって思うんだ。

「俺は、穂叶ちゃんのなにを知ったとしても、この気持ちは変わらない。俺にとっては、俺の見てきた優しい穂叶ちゃんがすべてで、信じてるから」

　信じてる……。

　その言葉が、うれしくて……重いよ。

　渚くんの言う優しいあたしとは、かけ離れているから。

　ねぇ、渚くん。

　君は知らないんだ。

　あたしがどれだけ必要のない人間で、どれほど人を傷つけてしまったのかを。

　なのに渚くんは、どこからその自信が来るのかわからないくらい、あたしを信じている。

　そんなに信じていると言うのなら……知ってみればいい。

「なら、教えてあげる……」

　本当のあたしを知って、嫌いになればいい。

　離れていけばいい。

　そうすれば、渚くんを信じたいと思ってしまう自分にも、あきらめがつく。

「え……？」

「あたしが、どういう人間なのかを」

　あたしは渚くんを見ると、すぐに病院の方へと歩きだす。

涙のむこうで、君と永遠の恋をする。 ≫ 85

　そして、ついていっていいのかと不安げにこちらを見ている渚くんを振り返った。
「もし、知ったら……きっと渚くんは、あたしを軽蔑する」
　これは、たぶん確実に。
　お母さんを苦しめたあたしのことを……受け入れてくれる人なんて、いないんだから……。
「それでも、ついてくる……？」
　あたしは、ズルい。
　選択を、渚くんに投げたんだ。
　渚くんがあたしについてきたら、渚くんはあたしを嫌うから、このままあたしも深入りせずに済む。
　渚くんがついてこなかったら、あたしと渚くんは今までどおり、当たりさわりのないうわべの関係でいるだけ。
　自分ではどちらも選べなかったから、渚くんに選ばせることにした。
「穂叶ちゃん、俺は……」
　つぶやく渚くんの言葉を待たずに、あたしはゆっくりと歩きだした。
　すると、なにか言いかけた渚くんは、静かにあたしのあとをついてくる。
　あぁ……これで、きっと渚くんに嫌われる。
　それが、たまらなく悲しかった。

　そして、あたしたちは無言で歩き続けて、ようやく305号室の扉の前に来た。

立ちどまったあたしのすぐうしろで、同じように足を止める渚くんの気配がした。

「ここには……あたしのお母さんが入院してるの」

　あたしは、305号室の扉をまっすぐに見つめたまま、渚くんに話しかけた。

「中へ入ったら、どんなことがあったとしても、なにも聞かないでほしいんだ」

「え……？」

「約束、これだけは守って」

　自分で言って苦しくなった。

　今のお母さんに見えるのは、お父さんに帰ってきてほしいという願望が見せた幻覚だけ。

　篠崎穂叶という娘がいることの方が、幻なんだから。

「穂叶ちゃん……穂叶ちゃんは、なにを……」

「行こう、渚くん」

　とまどうようにあたしを見つめる渚くんから視線をそらして、あたしは病室の扉を開けた。

　──カラカラ……。

「……会いにきたよ」

　あたしは、いつものようにスクールバッグの持ち手をギュッと握る。

　大丈夫、いつもみたいに作り笑いで、いつもどおり幸せそうに笑うお母さんに「よかったね」って言うの。

　そう自分に言いきかせて、ベッドに座るお母さんに笑いかけた。

涙のむこうで、君と永遠の恋をする。　≫　87

「あのね、今日お父さんが来て、この子のことを可愛いっ
てなでてくれたの」
　お母さんは、またいつものように、くまのぬいぐるみの
頭をなでながら幸せそうに笑う。
「そうなんだ……よかったね」
　あたしは、お母さんの前に丸イスを２つ置いた。
　もちろん、ひとつは渚くんの分。
　そして、病室の入り口で立ちつくす渚くんに視線を向け
た。
「あの、こんにちは……」
　渚くんは、意を決したようにあたしの隣に腰をおろした。
「ねぇ、あなたたちはだあれ？」
「……え？」
　あたしにとっては、何度もされた質問。
　そう、あたしたちは毎日が"はじめまして"なんだ。
　たとえ、血のつながった母と娘だとしても。
　だけど、渚くんは娘であるあたしに「誰？」と質問する
母親に驚いたのか、言葉を失っていた。
「由子さんのお友達だよ」
　あたしは、いつものように笑みを浮かべる。
　他の人から見たら、本当にいびつな関係だろう。
　お母さんのためについた嘘が、ナイフになってあたしの
心に突き刺さっても、笑みを浮かべるんだ。
　何度も、嘘をささやき続ける。
　お母さんの見ている幸せな夢が、壊れてしまわないよう

に。

「そう……なら、話を聞いていってね」

　お母さんの望む世界の話を聞くのが、あたしの罪と罰。

「由子さん、今幸せ？」

「えぇ、お父さんがそばにいてくれるから」

　それを聞きながら、あたしはいつも、ポロポロと涙を流す。

「穂叶ちゃん……」

　渚くんが、そんなあたしを見ているのに気づいた。

　だけど、今はなにも話せない。

　だから、お願い……なにも言わないで。

　でなきゃ、今すぐにでも泣きさけんでしまいそうだから。

　病院を出る頃には、外はまっ暗になっていた。

　病院を出てから、あたしたちは一言も話していない。

　これで、終わりだ。

　渚くんもわかったはず。

　あたしは……普通の家の子じゃないって。

「……穂叶ちゃん」

「お母さんは、あたしのせいで壊れちゃったんだ」

　前を歩いていたあたしは、足を止めてそう言った。

　渚くんの視線を背中に感じる。

　振り返りたくはなかった。

　きっと……うまく笑えなくて、情けない顔になってしまってるだろうから。

涙のむこうで、君と永遠の恋をする。　≫　89

「あたしの存在が、お母さんを……」

　もういっそ、すべて話してしまおう。

　だって、ひとりで抱えるには……辛すぎる。

　誰でもいいから、話して楽になりたかった。

「お父さんは、娘じゃなくて息子が欲しかったらしくて。それを理由に、あたしが小学生のときにお母さんと離婚しちゃった」

　暗い夜空を見あげる。

　気持ちまでどんどん闇の中へ落ちていくように、暗くなる。

「お父さんは離婚してすぐに再婚したの。お母さんはそれが悲しくて、息子を産めればお父さんが出ていくことはなかったって、自分を責めてた。そのさびしさを埋めるように、彼氏を作ったんだけど……」

　もう、この時点で……お母さんの心は壊れていたのかもしれない。

　あたしが幼すぎて、お母さんの苦しみに気づいてあげられなかっただけで。

「その彼氏が、暴力を振るうようになった」

「なっ……。じゃあ、穂叶ちゃんがときどき、さわられるのに怯えてたのはっ……まさか……」

　渚くんの方が辛そうに声を震わせる。

　すべてを話さなくても、渚くんは気づいている。

　あたしも暴力を受けてたんだって。

「そんな生活が何年も続いたせいで、あたしもお母さんも

きっと、壊れちゃったんだ」

　自嘲ぎみに笑うと、さらに自分が汚いモノのように思えて、苦しくなった。

「お母さんの幸せを奪ったのはあたし。だから、こんなあたしを……渚くんには……知られたくなかった」

　いや……本当に、知られたくなかったのかな？

　心のどこかでは、知ってもらいたかった気もする……。

　どちらにせよ、渚くんはもう……あたしのそばにはいてくれない。

「バイバイ、渚くん」

「なに言って……」

　1歩後ずさるあたしに、渚くんは困惑したような顔をした。

「渚くんといられて、楽しかった」

　そうだ、楽しかったんだ。

　今まで、生きていて楽しいと思えたことなんてなかった。

　だけど、渚くんたちと出会えたあの日から、あたしは毎日が楽しかったんだよ……。

　今までありがとう、渚くん。

　あたしは、全速力で駆けだす。

　渚くんは、追いかけてはこなかった。

　これで、渚くんはもう、あたしにあの花のような笑顔を向けてくれることはなくなる。

「あぁっ……深入りする前でよかったっ……」

　そう言いながら、涙は止まらない。

本当に深入りする前だったのか、怪しい。

「渚くん、ごめんねっ……」

　優しくしてくれたのに……。

　君ともう話せないと思ったら、たまらなく悲しい。

　本当はもう、手遅れだったのかもしれない……。

　そう思っても、今さら気づいたところで遅いんだ……。

あの日、伝えたかった言葉は…

【渚side】

穂叶ちゃんが走りさっていった夜道にひとり、呆然とたたずむ。

俺は、どうして穂叶ちゃんを追いかけることができなかったんだろう。

きっと……。

「……怖かったんだ」

傷だらけで、触れたら最後、この夜の闇に溶けてしまいそうで……。

穂叶ちゃんは、儚くて危うい。

近づき方をまちがえれば、簡単に目の前からいなくなってしまう気がする。

「穂叶ちゃんの抱えてるものが、あんなに重いものだったなんて……」

なにかを抱えていることはわかっていた。

だけど、お母さんに忘れられたり、虐待を受けたり……まさかここまでとは……。

あの小さな肩に、まだ知らない重荷がのしかかっているのかと思うと……俺まで苦しくなる。

「母親に、友達みたいに接するのに……」

あんな風に、痛みをこらえながら笑えるようになるまでには……。

涙のむこうで、君と永遠の恋をする。 **》》** 93

「どれくらい、ひとりで泣いたんだろう」

　男に怯えるようになるまでに、どれほどの痛みを味わったんだろう。

　もう、ひとりでなんか泣かせたくない。

　俺が、どんなものからも守ってあげたい。

　……はじめは、ひと目ぼれだった。

　入学式の日、儚げに桜を見あげていた女の子が気になって……。

　どんな風に笑うのかな、きっと花が咲くみたいにフワッて笑うんだろうなぁとか、俺の頭の中、穂叶ちゃんのことでいっぱいだった。

「だけど……今は少しちがう」

　穂叶ちゃんのことを知るたびに、どうしていつもさびしげなんだろう、穂叶ちゃんがひとりで抱えて、必死に闘っているものはなんだろうって考えるようになって。

　穂叶ちゃんには、笑っていてほしいって……っ。

「そんな穂叶ちゃんを……そうだ、俺は守りたいって思ったんだ」

　いつの間にか、穂叶ちゃんのためにできることはなんだろうって考えてた。

　ひと目ぼれなんて、表面上だけじゃなくて……。

　今は篠崎穂叶っていうひとりの女の子を知って、その心も体も愛おしいと思う。

　その過去も、今抱える傷もすべて含めて……君が好きなんだ、穂叶ちゃん。

「なのに……俺は、どんな風に声をかけたらいいのか、わからなかった」

守るなんて口ばっかりで、情けなくなる。

俺は、自分の無力さに打ちひしがれながら、帰路についた。

* * *

「ありがとうございましたー」

花屋の手伝いで最後のお客さんを見送った俺は、どっと疲れが襲ってきてレジ台にもたれかかる。

穂叶ちゃん、今頃どうしてるのかな……。

全力で俺の前から走りさった穂叶ちゃんの背中を見送ってから数時間後。

こんなときでさえ、店を手伝わなきゃならないなんて最悪だ。

というか、お母さんが入院してて、お父さんもいないなら、穂叶ちゃん、まさかひとり暮らしとか!?

だとしたら、今もひとりで泣いてるかもしれないよな。

あぁ、心配すぎて仕事が手につかない。

片づけもしなきゃなんないのに……。

そうだ。

前にみんなで連絡先を交換したし、電話でもしてみるか……。

「でも、なにを話せばいいんだよっ」

涙のむこうで、君と永遠の恋をする。 >> 95

「ぷっ、ふふ……どうしたのよ、渚」

　頭を抱えて発狂している俺に、母さんが噴きだす。

「母さん、いつの間に!?」

「あら、さっきからいたわよ？　渚がひとりで百面相してるあたりから」

　えぇ……全然気づかなかった。

　どうやら母さんは、少し前からそばにいたみたいだった。

　って、独り言聞かれるとか……。

　はずかしくなった俺は、前髪をクシャリと握った。

　母さん、前原凪は今年で40歳になる。

　いつまでも子供みたいで、うちの花屋は母さんの愛嬌目当ての客も多いくらいだ。

「わ、笑うなよ、母さん……」

「だって、ひとりで百面相してるんだもの。なに、恋の悩みでもあるの？　渚にもようやく春が来たのね。どれ、母さんに話してみなさい」

「そんなんじゃないし、春とかやめろよな」

　母さん、絶対楽しんでるだろ。

　恨めしく思いながらも、誰かに話したい気持ちが上回った俺は、母さんに遠まわしに話すことにした。

「えっと、俺の友達……の話なんだけど」

「はいはい、友達ねぇ」

　……絶対、普通の友達じゃないってバレてる気がする。

　穂叶ちゃんは……俺の大切な初恋の女の子だって。

　意味深に向けられる視線に、俺は気づかないふりをした。

「その友達のお母さんは記憶喪失で、自分の娘のことを忘れちゃってるんだ」

「それは……辛いでしょうね」

「その子は、お母さんが記憶喪失になったのは自分のせいだって言うんだけど……。理由を聞くに、全然その子のせいじゃないっていうか……」

　自分が息子じゃなかったから両親が離婚した？

　性別を選んで生まれてくるなんて、誰にもできない。

　そんなの、穂叶ちゃんのせいなんかじゃないのに……。

　なのに、あの子はずっと自分を責めて、まるで存在すら否定するような言い方をする。

「自分のことを"こんなあたし……"とか言っちゃうし、"だから、そばにいられない"とか……。俺はどんな過去があったって、穂叶ちゃんのそばにいるのに！」

　今まで、遠ざけられたくないから、踏みこみすぎないようにしてた。

　だけど、知らなさすぎたことで、逆に穂叶ちゃんの触れられたくない過去に土足で踏みこんでしまったような気がする。

「そんな女の子に、俺はなんて言ってあげたらよかったのかな……」

「……そう。渚はその子……穂叶ちゃんのことが大切なのね」

「うぐっ……」

　俺、いつの間に穂叶ちゃんの名前を出してたんだろう。

涙のむこうで、君と永遠の恋をする。 **》》** 97

　話してるうちに母さんがいることを忘れていた。
「人は、大切な人のことには敏感（びんかん）なのに、自分が大切に思われていることにはなかなか気づけない、難儀（なんぎ）な生き物なのよ」
「それって……」
　穂叶ちゃんを大切に思っている人がたくさんいるのに、穂叶ちゃん自身は、自分にそんな価値なんてないって思いこんでるから、気づけてないってことだ。
「自然と、人の幸せばかり願う人は、自分の痛みや苦しみには疎（うと）いものなの。だから、それに気づかせてあげる人が必要よね」
「それ、俺にもなれるかな……」
　穂叶ちゃんに教えてあげたい。
　穂叶ちゃんは、いろんな人に愛される、可愛くて優しい女の子なんだよって。
　そばにいて、何度も何度も伝えたい。
「そこは男の子なんだから、"俺が一生そばにいる" くらい言いなさいよ」
「うぐっ……母さん!!」
「ふふっ、がんばりなさい」
　からかうように言う母さんに顔を赤くしながらも、なんとなく自分のすべきことが見えてきた気がした。
「よし、明日は学校に着いて一番に、穂叶ちゃんに話しかけよう」
　電話でもメールでもなく、直接会って言葉で伝えよう。

俺が、穂叶ちゃんの本当の笑顔を取りもどすよって。

　一生……ははずかしいけど、でも俺は、一生をかけて穂
叶ちゃんのそばにいる覚悟がある。

　だから伝えよう。

　なにがあっても、ずっと君のそばにいるよって。

そばにいる理由を教えて

【穂叶side】

　渚くんに、自分の過去を話した次の日。

　あたしは憂鬱な気持ちで学校へ向かっていた。

「…………」

　はぁ、よりにもよって隣の席が渚くんだなんて……。

　さんざん話したあげく、逃げだしたりして、どんな顔して渚くんに会えばいいの……？

　もう、右側を見られない。

　梨子や琢磨くん、優真くんにも迷惑をかけてしまうだろうな……。

　――タッタッタッタッ。

「……ん？」

　うつむきながら歩いていると、学校が見えてきたくらいで、うしろから誰かが駆けよってくる音に気づいた。

　振り返ると、そこには……。

「穂叶ちゃん!!」

「えっ……？」

　息を切らして肩で呼吸をする、渚くんがいた。

　渚くんはすぐに呼吸を整えて、まっすぐにあたしを見つめる。

「穂叶ちゃん、お、おはよう！」

　少し緊張した様子。

あたしは、驚きで渚くんの前に立ちつくす。

　まさか、学校に着く前に会ってしまうなんて……。

　どうして、あたしに話しかけてきたの？

「昨日のこと、忘れたわけじゃないよね。なのに、どうして……」

「あのあと、俺は穂叶ちゃんになにができるのか、考えてみたんだ」

　渚くんは額の汗を拳で拭いながら、あたしのすぐ近くまで来て、目の前に立つ。

「でも……どんなに考えても、俺にできることは、ひとつしか思いつかなかった」

　渚くんはそう言って、あたしに右手を差し出してくる。

　いつか、保健室でもこんな風に手を差しのべてくれたな。

「穂叶ちゃんの心に近づきたい。……そばにいさせてくれないか？」

「っ……」

　なんで？

　あたしがどんな人間か、わかっていてそれを言うの？

　そんなのありえない。

　あっちゃいけないのに……。

　あぁ、なのに……涙が止まってくれない。

　周りの人の声、車の音、風の音さえ遠くに感じる。

　渚くんの声だけが、すきとおって聞こえた。

「あたしといたら……渚くんまで不幸になる」

「俺は、穂叶ちゃんと一緒にいられるなら、それだけで幸

せだけどな」

　そう言って、渚くんはまたフワリと笑う。

　あぁ、もう絶対に、渚くんの花のような笑顔は見られないと思ったのに……。

　その笑顔につられて、あたしは手を伸ばした。

「俺にも、穂叶ちゃんの抱えてるもの、半分背負わせて」

「…………」

　その言葉に、あたしは伸ばしかけた手を止める。

　あたしの過去に、この人を巻きこんでもいいの……？

　こんなにも優しい人を。

　あたしなんかのために……。

　そんなの、ダメに決まって……。

「穂叶ちゃんのせいとか、そういうんじゃないんだよ」

「渚くん……」

　渚くんは、止めたあたしの手を迎えにくるように握りしめた。

「みんな、穂叶ちゃんが大切だからそばにいたいし、笑ってくれるとうれしいって思うんだ」

「大切……あたしなんかが……」

「穂叶ちゃんが、大切なんだよ。いつか、穂叶ちゃんが心から笑ってくれるように、俺……」

　渚くんは、繋いだあたしの手の小指に自分の小指を絡めた。

「穂叶ちゃんを守るって……約束する」

　まるで指切りをするように、絡まった小指を持ちあげる。

ツゥゥ……。

　涙が頬を伝っていくのに気づいたけど、渚くんから視線が外せない。

　渚くんは、あたしが自分を責めないように、自分がしたくてあたしを守るんだと言ってくれた。

　心から笑ってほしい、守るから……。

　こんな風にまっすぐに言葉を伝えてくれる人……他にいるかな。

　誰にも必要とされなかったあたしに、こんな優しい言葉をかけてくれる人がいるだなんて、思ってもみなかった。

　曇りのないその瞳を見つめ返せば、渚くんの言葉のひとつひとつが嘘ではなく、どれも真実だってわかる。

　そんな渚くんになら……あたしの過去も、まだ癒えない傷も預けたいって思える。

　……あたし、ワガママを言ってもいいかな。

　今まで周りの人を不幸にしてしまったあたしが、渚くんのそばにいても……いいのかな？

「まだ、どうしたらいいかわからない……」

　あたしは不安にとまどう瞳で渚くんを見あげる。

「でも、それでもいいなら……そばにいてもいい？」

　もう少しだけ、そばにいてほしい。

　あたしも、そばにいたい。

「穂叶ちゃんのお願いなら、なんでもうれしいよ」

　渚くんは、服の袖であたしの涙を拭ってくれる。

　それが、心の傷も癒やしていくようで、不思議な温かさ

を感じた。

* * *

　ジメジメとした梅雨の季節が過ぎ、夏の暑さが感じられる7月中旬。
　学校が休みの日曜日、あたしたち5人は期末テストに向けて勉強をするために、近くのファミレスにいた。
「なぁなぁ、古文ってなんで現代人が勉強しなきゃなんだろーな？」
「さぁ？　必要性を感じないね」
　あたしの目の前に座る琢磨くんと優真くんは、みんなの消しゴムを集めて消しゴムタワーを作っている。
「必要性を感じないのは消しゴムタワーの方よ!!」
「科目の起源から考えてる場合じゃない。また、赤点取りたいのか？　もっと危機感を持て!!」
　梨子と渚くんは、すかさず双子から消しゴムを取りあげた。
　あたしは、そんなみんなの様子を眺めるのが好きだった。
　梨子たちの部活がない日は、お母さんの病院へ行く前にみんなとカラオケに行ったり、新しいカフェができたからと、お茶しにいったり……。
　自分のために過ごす時間が増えた気がする。
　それは、渚くんやみんなのそばにいたいって、あたし自身が思っているからだ。

そう思ってもいいんだって、渚くんが教えてくれたから。

　渚くんは、過保護なくらいにあたしの心配をしてくれている。

　この前は、トイレに立っただけで「どこ行くの!?」なんて聞かれたっけ。

　そのことを思い出して、思わず笑いそうになった。

　でも、そうやって渚くんがあたしを気にかけてくれるのがうれしかったりする。

　気づけば、視線で追ってたり……世間ではこういう関係をなんていうんだろう。

　他のみんなも大切なことには変わりないんだけど、渚くんは特別というか……。

　自分のことを渚くんに話したからか、前よりぐんと距離は近づいたと思う。

　なんにせよ……今この瞬間も感じている幸せな時間はすべて、渚くんやみんながくれた。

　目の前には梨子、琢磨くん、優真くん。

　右隣には、渚くんが座っている。

　それを見つめながら笑みを浮かべていると、隣の渚くんがあたしを見てうれしそうに笑った。

「穂叶ちゃん、楽しい?」

「あ……うん」

　ぎこちなくだけど、素直な気持ちを伝えた。

　みんなといると楽しくて、嫌なことも忘れられる。

「あ、あたし、お手洗いに行ってくる……」

なんだかはずかしくなって、あたしはそそくさと立ちあがった。

「ははっ、行ってらっしゃい」

「う、うん……」

どこまでも優しい渚くんの眼差しに、はずかしくなってとまどう。

顔が赤くなって、あたしはお手洗いまで小走りした。

すると、男子トイレから人が出てきた。

それを避けようとして、あたしは息を詰まらせる。

「っ……う、そ……」

ボサボサの髪、三日月のように細くつりあがった瞳。

まるで、あの男がここにいるように錯覚する。

別人だ……そうわかっているはずなのに。

あの男と姿が重なって、あの辛い日々がよみがえってくる。

「っ……はっ、はぁっ……苦しいっ……」

あたしは胸を押さえ、膝から崩れおちた。

　　——バタンッ!!

「え、君、大丈夫!?」

急に倒れたあたしに、その男が歩みよってくる。

「こ、来ないでっ!!」

つい、伸ばされた手をバシッと振りはらってしまった。

「はぁ!?」

すると、男は怒ったように舌打ちをした。

「心配してやったのに、なんだよその態度は!!」

「っ!!」

『殺してやる!!』

　まるであの男が、そう言ったような気がした。

　怒鳴らないで……怖い、怖い怖いっ!!

　──ドクンッ、ドクンッ!!

　心臓の音が嘘みたいに速く、痛む。

「い、いやっ……いやぁっ!!」

　涙がボロボロと流れて、震える体を自分で抱きしめた。

　誰か助けてっ……渚くんっ!!

「穂叶ちゃん!!」

　誰かに名前を呼ばれ、あたしは手を取られる。

「いやぁっ!!　さわらないで!!」

「俺だよ!　穂叶ちゃん!!」

　あぁ、殺される!!

　また、首を絞められる、殴られる!!

「な、殴らないでっ!!」

「穂叶ちゃん!!　俺は渚だよ!!」

　ギュッと抱きしめられ、動きを抑えられた。

　あれ……フローラルの香り。

　この匂いに、覚えがある……。

　あぁ、落ちつく……。

「大丈夫だよ、穂叶ちゃん……」

「な……ぎさ……く、ん……?」

　やっとの思いで、そう名前を呼ぶ。

　カタカタと震えるあたしの体を、渚くんは優しく包みこ

んでくれた。

「な、なんだよ、あんた……頭、オカシイんじゃねーの？」

　男はそう言い捨てて、その場から離れていく。

　その間も、渚くんはずっとあたしを抱きしめていてくれた。

「はぁっ……ううっ……ごめんなさいっ……」

　出口が見えない。

　あたしはいつまで、この病気と付き合っていくの？

　男の人が怖くても学校へは行かなきゃいけないし、あたしは普通の高校生でいたいのにっ……。

「もう、大丈夫だよ……穂叶ちゃんはひとりじゃない」

　優しく抱きしめられ、後頭部をなでられる。

　少しずつ気持ちが落ちついてきた。

「もう……消えちゃいたい……」

　そうしたら、あたしは楽になれる。

　あの男のことも、お母さんのことも忘れられる……。

「穂叶ちゃんが消えたら、俺泣くよ？」

　あたしを抱きしめる渚くんの腕に、力が入る。

　あたしが消えないように、離さないようにしているみたいに……。

「でも、生きてるのが辛くて、苦しいよっ……」

　なのに、生きろってみんなが言う。

　絶対、生きている方が苦しいのに、どうして……あたしは今、ここにいるの？

「っ……穂叶ちゃんっ……」

渚くんは泣いているように見えた。

抱きしめられているから、顔は見えない。

でも、肩が震えている。

「でも……何度も死のうとしたのに、死ねなかった。やっぱり、死ぬのが怖いんだね……」

死にたいと願っているのに、死ぬのが怖い。

これって、すごく矛盾してる。

うつむいた拍子に見えた、手首にあるリストカットの痕。

おばあちゃんの家で暮らすようになってからは、リストカットはしていない。

だけど、あれから4年近くたつのに、この傷は消えずに残っていた。

死ねないかわりに自分を傷つけて、心を保っていた。

「俺、穂叶ちゃんをこんなに苦しめた男のこと……許せない」

怒りに声を震わせる渚くんに、あたしは首を傾げる。

「……渚くんには、関係な……」

「関係ある！！」

「っ！！」

渚くんはあたしの言葉をさえぎって叫んだ。

そして、あたしの頬を両手で包みこむ。

渚くんが大声で怒鳴ったの……はじめて聞いた。

怒ったような、泣きそうな、複雑な表情であたしを見つめている。

涙のむこうで、君と永遠の恋をする。 >> 109

　目を見開いて渚くんの顔を見つめ返すと、真剣な瞳と視線が重なった。
「穂叶ちゃん、俺はどんな形でもいいから、穂叶ちゃんの特別になりたいよ……。そうすれば、二度と関係ないなんて言わせないのに……」
　切なそうにそう言った渚くんに、あたしはまた泣いてしまう。
　どうして、渚くんがそんな苦しそうな顔をするの……？
「そうしたら、穂叶ちゃんのそばに、もっともっと近くに行けるのに……心に、もっと近づけるのにっ……」
　あたしの涙を、渚くんが親指で拭う。
　あたしは、その瞳を見つめて目を見張る。
　渚くんの目にも涙が溜まっていたから。
「渚くん……泣いて……？」
「俺にもっとすがってほしい、もっと……俺を必要として、穂叶ちゃんっ……」
　渚くんはあたしの額に自分の額を重ねてくる。
　それにとまどうばかりで、あたしはなにも言えない。
　ふたり、床に座りこんだまま涙を流した。
　その涙が、渚くんの言葉のひとつひとつが、嘘ではなく真実だと教えてくれる。
「今日は、もう帰ろう。送っていくから」
　渚くんは、最後にもう一度あたしをギュッと抱きしめて、立ちあがらせてくれた。
「穂叶ちゃんはここにいて、俺がみんなに声かけとく」

「でも……」

　なにもかもお世話になってしまっている気がして、あた
しは渚くんの服の袖を引いた。

「穂叶ちゃん、目まっ赤だからね」

「あっ……」

　そうか、ここでたくさん泣いたから……。

　じゃあ渚くんは、それを気遣って……？

「ははっ、俺が見せたくないだけだよ」

　渚くんは安心させるように笑いかけて、席へと戻ってい
く。

　それを見送っていると、あたしはいつの間にか体の震え
が治まっていることに気づいた。

　渚くんのおかげだ……。

　ひとりだったら、引きずって何日かは震えも治まらない
し、薬に頼っていた。

　渚くん……ありがとう……。

　目を閉じて、そっと心の中でお礼を言う。

　怖くてたまらなかったはずなのに、今は心がすごく落ち
ついていた。

　あのあと、渚くんはあたしのバッグを持ってきてくれて、
一緒にお店を出た。

　今は、お母さんの病院までの道のりをふたりで歩いてい
る。

　いつもはひとりで歩く道だから、不思議な感覚だ。

涙のむこうで、君と永遠の恋をする。 >> 111

　ひとりのときより、足取りが軽く感じる。
「もう蒸し暑くなってきたね。穂叶ちゃん、大丈夫？」
「うん、ありがとう……」
　なにも言わなくても、それが自然かのように手を引いて
くれる渚くんは、今日は見慣れない私服を着ていた。
　白いTシャツに、薄いピンクのシャツを腰に巻いて、ジー
ンズの裾を少しまくり、シンプルな赤いスニーカーを履い
ている。
　男の子なんだなと、あらためて感じた。
「今日着てる白いワンピース、穂叶ちゃんにすごく似合っ
てて……その、可愛いね！」
「あ、ありがとう……」
　今日は白いノースリーブのワンピースに茶色の肩かけ
バッグ、サンダルを履いていた。
　照れながらもほめてくれる渚くんに、あたしはぎこちな
く笑みを返す。
「渚くん……」
　半歩先を歩く渚くんを見あげて、繋いだ手をギュッと
握った。
「……穂叶ちゃん？」
　渚くんはそんなあたしに気づいて、足を止めた。
「うすうす、気づいてると……思うんだけど……」
　あたしたちは道のまん中で、ふたり向き合っていた。
　渚くんはなにも聞かないけど、なんとなく気づいている
んじゃないかなと思う。

前に大量の薬も見られているし、パニックを起こしたと
きも渚くんはそばにいた。

　だから、きっとあたしの病気のこと……。

「あたし……」

「うん、ゆっくりで大丈夫だよ」

　渚くんは、なにかを話そうとするあたしの頭を優しくな
でた。

　あたしは、また泣きそうになって唇を噛む。

　ダメ、ちゃんと話さなきゃ……。

　泣いたら、また渚くんに心配かけちゃう。

「大丈夫、大丈夫だよ……」

　渚くんは、あたしの唇を親指でそっとなでた。

　それに、あたしはスッと体の緊張が解ける。

「あたし……PTSDっていう病気なの……」

「っ!!」

　渚くんは一瞬、息をのんだ。

　だけど、そのままあたしの話に耳を傾けてくれる。

「死とか、強い精神的ストレスを経験したことがある人が、
突然そのときの状況を思い出して……フラッシュバックし
て……パニックになる……」

　あたしは、繋いだ渚くんの手に頼るようにギュッと握っ
た。

　それに応えるように、渚くんも手を握り返してくれる。

「あたしの場合は……あたしを虐待してたあの男……を思
い出すと……っ」

涙のむこうで、君と永遠の恋をする。 》》 113

　いけない、また息が苦しくなる。

　大丈夫……今は渚くんが目の前にいてくれる。

　あたしは「ふうーっ」と深く息をはいた。

「それって、穂叶ちゃんがその男に殺されそうになったって……ことだよね」

　その言葉に、あたしは静かにうなずいた。

　それは、死よりも苦しい時間だった。

「さっきの人は……あの男に顔が似てたの……」

　また、体が震えだす。

　それに気づいた渚くんが、あたしをそっと引きよせた。

「タイムスリップとか、できたらいいのに……」

「え……？」

　突拍子のない発言に、あたしは驚いたように渚くんを見あげる。

　渚くんは切なそうにあたしを見おろしていた。

「そうしたら、ひとりで泣いてる穂叶ちゃんのこと、さらいにいくのに……」

「渚くん……」

「穂叶ちゃんが一番苦しかったときに、そばにいてあげたかったよ……」

　ひたすら優しい渚くんに、あたしはまたポロポロと泣いてしまった。

「もう、なにも我慢しないで……。俺の前では、隠さなくていいよ……」

「ううっ……ふっ……」

泣くあたしを抱きしめてくれる渚くんに身をまかせる。
「弱くたっていいんだ、穂叶ちゃんは女の子なんだから」
　頭をなでられると、不思議と胸のつかえが取れていく気がした。
「俺が……穂叶ちゃんを守るよ」
「ううっ……ごめ……」
　ごめんね。
　結局、渚くんに泣きついた。
　あたしの過去に、縛りつけてしまう……。
「俺が望んだことだよ。穂叶ちゃんに頼まれたからじゃない」
　あたしが気にするのをわかっていて、渚くんは自分のせいだと言う。
　この人は優しすぎるから、つい甘えてしまいそうになる。
「お母さんのところ行くんだよね？　俺も、一緒に行ってもいいかな」
「え……」
「そばに……いたいんだ」
　そう言って体を離し、渚くんはあたしの頬に触れた。
　甘えだとわかっていても、渚くんの優しさに、あたしはやっぱりうなずいてしまうのだった。

＊　＊　＊

　7月の期末テストが終わり、結果が張り出された今日、

涙のむこうで、君と永遠の恋をする。 >> 115

あたしたちは落ちこむ魚住兄弟をなぐさめていた。
「夏休み、補習とかありえねー!!」
「今すぐ学校が滅びたらいいのに……」
　琢磨くんと優真くんは、負のオーラを漂わせながら落ち
こんでいる。
「落ちこむくらいなら、勉強しろよな!!」
　渚くんは、あきれたように双子を見つめた。
「本当にバカよね、あんたたち……」
　梨子は眉間を押さえている。
　あれだけ勉強会をしていたのに、全教科赤点だなんて、
むしろ才能の域だと思う。
「補習って……学校に行くの?」
　そういえば、優真くんや琢磨くんとの付き合いも長く
なったからか、前みたいに怖いと思うことは減ってきたな。
　あたしはそんなことを考えながら、隣にいた優真くんに
尋ねる。
「うん、それもほぼ毎日……」
「げんなりしてるね」
　あたしは苦笑いを浮かべた。
「穂叶ちゃん、僕を助けてくれるよね?」
　優真くんは、捨てられた猫のような目であたしをジッと
見つめる。
「この前は先に帰ってごめんね。うん、協力できることなら」
　幸い、英語と国語は得意科目だから、力になれるかもし
れない。

「双子置いて、海に行こうよ！」

　今日は終業式。

　ホームルームが終わったら、夏休みだ。

　すでに夏休みモードの梨子がそんなことを言いだした。

「はぁ!?　梨子、ひどすぎだろ!!」

　梨子の一言に、琢磨くんは泣きそうな顔をする。

「なら、死ぬ気で追試に受かるんだな」

　渚くんの言うとおりだ。

　追試に受かれば補習は免除されるし、みんなで海にも行けるもんね。

　要は、早く追試に受かりさえすればいいってことだ。

「僕の姫、見捨てないよね？」

　優真くんが、今度は渚くんにすがりつく。

「は、離れろよ!!　それから、次"姫"って言ったら、マジで教えてやらないからなっ!!」

「わかったよ、渚……姫」

　呼び捨てで呼ぶと見せかけて、"姫"を付け足した優真くんを、渚くんがにらむ。

「全然わかってねーだろ!!」

「ふふっ」

　そんなみんなの様子を見つめながら、あたしは笑った。

　やっぱり、この５人はいいな……。

　この場所にいることが、いつの間にか自然になってきた。

　こうやって、ここがあたしの居場所になっていくのかもしれない、そう思った。

涙のむこうで、君と永遠の恋をする。 ≫ 117

　放課後になり、あたしたちはそれぞれ部活やら掃除やらでバラけた。

　あたしは階段掃除当番の渚くんを教室で待つ。

　今日も、お母さんのところへ一緒に行くためだ。

　──カラカラカラ……。

　あたしは窓を開けて、その下の景色を見つめる。

　ここからなら死ねるかなと思って、ついやってしまう行為。

「穂叶ちゃん、また窓の外見てるね」

「……っ!!」

　突然、声をかけられ振り返ると、教室の入り口には渚くんが立っていた。

　渚くん、いつからいたんだろう。

　全然、気がつかなかったな……。

「前に俺、穂叶ちゃんはそこから夕日を見てるのかなって思ってたんだけど……」

　渚くんはゆっくりあたしの隣へとやってきて、同じように下をのぞきこんだ。

「前に聞かれたとき、あたしはこの下の景色を見てるって言ったんだよね」

　……覚えてる。

　それで、『どうして?』って渚くんに聞かれて、『秘密』って答えたんだ。

「でも……今、その答えがなんとなくわかって……少し、ううん。すっごく悲しい」

渚くんはそう言って、あたしの手を引く。

　え……？

「……死なせない。生きてる方が楽しいって、言わせてみせるよ」

「っ!!」

　渚くんは、気づいたんだ。

　あたしが、死に場所を探して窓の外を見つめていたことに。

「待たせてごめんね、行こうか！」

　また、この優しい笑顔があたしに向けられる。

　渚くんがいるから、前よりお母さんのところへ行くのが怖くなくなってきた。

「ありがとう、渚くん」

「え……あ、うん!!」

　あたしが小さく笑うと、渚くんはうれしそうに笑って、またあたしの手を引いてくれた。

　──カラカラカラ……。

「由子さん、会いにきたよ」

「こんにちはー」

　あたしと渚くんは、いつものようにお母さんの入院している病院の305号室へと入る。

　すると、丸イスがひとつ、すでにベッドサイドに用意されていた。

「あれ、おか……由子さん、誰か来てたの？」

涙のむこうで、君と永遠の恋をする。 》 119

　あたしは、丸イスをもうひとつ出して、お母さんに尋ねる。

　すると、くまのぬいぐるみを抱きかかえるお母さんは、ニッコリとあたしに笑いかけた。

「お父さんがね、会いにきたのよ」

　お父さんが……って、いつもの話か。

　じゃあ、この丸イスはたまたまここにあっただけ……なのかな。

「由子さん、これよかったら」

　渚くんは、右手に持っていた紙袋の中から花を取り出す。

　それは、忘れな草だった。

　渚くん、なんで忘れな草なんて……。

「あら、綺麗ねぇ……でも、出会ったばかりなのに申しわけないわね。本当にもらってしまっていいの？」

「はい、俺の家、花屋なんですよ」

　そう言って、渚くんは窓際に置いてあった花瓶に水を入れると、忘れな草を飾った。

　あたしは、窓際に飾られた忘れな草を見つめる。

「……私を忘れないで……」

　花言葉は……たしか、そんな感じだった気がする。

「え……？」

　あたしのつぶやきに気づいたお母さんは、不思議そうにあたしを見つめた。

　お母さん、お母さんの心のどこかに……あたしは、まだいますか？

それとも、もうひとかけらも残っていないのかな？

「ううん、なんでもないよ」

　お母さんを安心させるように笑顔を向ける。

　そんなあたしの顔を、お母さんはただジッと見つめた。

「あなた……」

　お母さんは、あたしの頬に手をそっと伸ばし、触れた。

「え……？」

「……ほ……の、か……？」

　あたしの頬に触れたお母さんの目から、ポロリとひとしずく、涙がこぼれたのがわかった。

「お母さん、あたしの名前……」

「っ……ううっ……はぁっ、はぁっ……」

　すると、お母さんは頭を押さえて、呼吸を荒(あら)らげる。

　お母さん……あたしと同じ。

　思い出すたびに苦しくて、悲しくて……だから、忘れたかった。

　忘れた方が、幸せなこともあるから。

　その気持ちが、あたしには痛いほどわかった。

「……忘れてほしくないけど……」

　あたしは丸イスから立ちあがる。

　そして、ゆっくりとベッドに座るお母さんの目の前に立った。

「穂叶ちゃん……」

　窓際に立つ渚くんと目が合った。

　その忘れな草に、どんな意味がこめられているのかはわ

からないけど……渚くんのことだ。

　本当は、お母さんに忘れられたくない、娘として愛してほしいっていう、あたしの気持ちに気づいてくれたのかもしれない。

　だから、その本当の気持ちを、花で届けようとしてくれたんじゃないかなと思う。

「でも、きっと忘れたままの方がいいんだ」

　だから、今だけ許してほしい。

　お母さんって呼ぶのは、もう今日で最後にするから。

「大好きっ……あたしの、たったひとりのっ……」

　ポタポタと流れる涙が見えないように、あたしはお母さんをギュッと抱きしめる。

　その細く小さな背中に手を回して、あたしは泣きながら、お母さんに伝えられなかった想いを伝えた。

「……お母さんっ……」

　ここに来るたびに、何度そう呼ぼうとしたかわからない。

　だけど、そうできなかったのは、お母さんに傷ついてほしくないから。

　あの日々を思い出して、また心を壊してしまったらって考えたら怖かった。

　だって、お母さんが忘れたのは、覚えていることが苦しかったからだもん。

「あのねっ……あたし、お母さんの笑顔が……また見たいよっ……」

　またあたしの名前を呼んでって、ずっと願ってた。

まさか、また「穂叶」って呼んでくれるなんて……。

　それがすごくうれしいのに、どうしてかな。

　名前を呼ぶお母さんは辛そうで……。

　お母さんにとっては、あたしと過ごした時間でさえ、苦しみの種にしかならないんだね。

　それが……切なくて悲しい。

「だから……ふうっ、ううっ……」

　涙で視界が歪んで、呼吸が苦しくなる。

　だから、あたしの存在が、お母さんに辛い日々を思い出させてしまうのなら……。

　あたしは、お母さんの世界から消えてもいいよ。

「あたしのこと……」

　あたしは一瞬口をつぐんで、それから深く息をはく。

　そして体を離すと、涙でぐちゃぐちゃの顔でお母さんの顔を見つめた。

「忘れてもいいよっ……」

　あたしは、なるべく笑顔でそう伝えた。

　苦しむお母さんをもう見たくない。

　あたしたち、もう十分辛い思いをしてきたんだから。

　だから、忘れたままでいてほしい……あたしのことも、重ねてきた思い出も。

　だからどうか、あたしの前では笑っていて。

「…………」

　お母さんはしばらく黙ったままあたしの顔を見つめると、フワリと微笑む。

涙のむこうで、君と永遠の恋をする。 >> 123

「あら、あなたはだあれ？」

　その微笑みは、さっきまで取りみだしていた様子から一変して、悲しいくらいに幸せそうで……。

　やっぱり、忘れたままの方がお母さんにとってはいいんだって、思い知らされる。

　──ズキンッ。

　後悔なんてないはずなのに……これでよかったはずなのにっ、辛いな。

　でも……この、お母さんの笑顔を守りたいから。

「さよなら……さよなら、お母さん」

　今までありがとう。

　苦しい思いをさせてごめんね。

　望む子供になれなくて、ごめん。

「これから……っ……よろしくね、由子さんっ……」

　これからも、あたしはお母さん……由子さんのお友達でいよう。

　娘ではなく、友達としてそばにいる。

　たとえ、そばにいることであたしが苦しくなっても、それでもいい。

　どんな形でもいい……あなたのそばにいたいから。

「また、明日ね」

「また、来ます」

　あたしと渚くんはペコリと頭をさげて、病室を出た。

　──カラカラカラ……。

「っ……」

扉が閉まったとたん、あたしは膝から力が抜けたように
崩れおちそうになる。

「穂叶ちゃんっ……がんばったね……」

　そんなあたしをとっさに抱きとめてくれた渚くんと、病
室前の廊下で座りこんだ。

　渚くんは、あたしのことを抱きしめて離さずにいてくれ
る。

「忘れな草……あれって……」

「勝手なことしてごめんね。お母さんに、穂叶ちゃんの気
持ちを伝えられる方法はなにかないかって思って……」

　申しわけなさそうな顔をする渚くんに、あたしは笑みを
浮かべて首を横に振った。

　やっぱり、そういう意味だったんだ……。

　渚くんはすごいな。

　どうしてあたしの気持ちがわかったんだろう。

「ありがとう……ありがとう、渚くん」

「え……？」

　あたしは涙を流しながら、それでも笑っていた。

　そんなあたしの顔を見て、渚くんは驚いている。

「ずっと……なにも伝えられずにいたから……」

　あたしは、自分の胸を両手で押さえる。

　まるで、胸のつかえが取れたかのような解放感があった。

「渚くんのおかげで、伝える勇気が出たよ」

　それが、たとえ一生の別れだったとしても、あたしには
区切りが必要だったんだと思う。

涙のむこうで、君と永遠の恋をする。 >> 125

「俺は、なにもしてないよ……なにもできなかった。ただ、見てるだけ……」

　そう言って切なそうにあたしを見つめる渚くんに、あたしはまた首をフルフルと横に振る。

「あたしを忘れないで……。ずっと言いたくて言えなかった本当の気持ちを、この花言葉がかわりに伝えてくれたから、お母さんはあたしの名前を呼んでくれたんだと思う」

　ずっと願っていたことが、ひとつだけ叶った。

　これ以上は、もう十分だよ……。

「今日のこと、絶対に忘れない。……ありがとう、渚くんっ」

　ポロポロと泣くあたしの頬に、渚くんが手を伸ばす。

　そして、そっと涙を拭ってくれた。

「あたしは……渚くんに優しくしてもらってばっかりで、どうお礼していいか、わからないよ……」

　泣いたときは、何度も涙を拭ってくれた。

　震えていたときは、強く体を抱きしめてくれた。

　言葉のひとつひとつに優しさがこもっていて、あたしは何度救われただろう。

「じゃあ、穂叶ちゃんの笑顔が見たい」

「え……？」

　渚くんのお願いは、またあたしへの優しさだった。

「ふふっ」

　あたしは小さく笑ってしまう。

「それじゃあ、お礼にならないよ」

「あぁ、やっと……」

あたしの顔を見つめる渚くんは、まるで泣きそうな笑顔であたしの頬をなでた。

「やっと……やっと、穂叶ちゃんの心に届いた」

　あたしの笑顔を目に焼きつけるように、まばたきもせずにあたしを見つめる渚くんの瞳と視線が重なる。

　やっぱり、綺麗な瞳……。

　人って、生きていくうちに世の中の汚いモノを見て、子供のときは澄んでいた瞳も、大人になるにつれて曇るものだと思ってた。

　だけど渚くんの瞳は、どんなに汚いモノを見ても曇ることなく、澄んだままでいるんだろうな……。

「渚くん……」

　夏の日の長さに、あたしは感謝した。

　夕日が、あたしの赤い顔を隠す理由を作ってくれるから。

　ちょっぴりベタだけど、「夕日のせいだよ」って笑えるもんね。

「穂叶ちゃんの心を……もっともっと知りたい」

「渚くんになら……見せられるよ」

　もう、他の人と同じにならなきゃなんて思わない。

　渚くんは、あたしの弱いところも知ってくれているから。

　渚くんは、あたしのどんな過去を、弱さを知ったとしても、守るって言ってくれた。

　まっすぐに気持ちを伝えてくれる渚くんになら、心を見せても大丈夫だって思える。

　まだ、誰かを信じることは怖い。

人の気持ちは、目に見えるものではないから。

　でも、渚くんのことはあたし……信じたい。

　渚くん、あたしも……渚くんの心の中を知りたいよ。

　そう思えたのは、君だけです。

　あぁ、この人がたまらなく……好き。

　渚くんは迷惑かもしれないけど、君のことが好きです。

　気づいてしまった想いは、絶対にしないと思っていた"恋"だった。

　だけど、まだお母さんを不幸にした自分のことを許せずにいるから、この気持ちを直接伝えることはできない。

　自分だけが幸せになるなんて、考えただけでも罪悪感で押しつぶされそうになる。

　だからそっと、あたしは心の中で想いを伝えた。

　感情なんてもういらないと思っていたあたしの心の檻に、ヒビが入る音がする。

　そのときを、もうずっと……待っていたのかもしれない。

　そう思いながら、渚くんの胸の中、そっと瞳を閉じた。

見つけたあたしの居場所

【穂叶side】

7月末。

夏の暑さはついにピークに達して、最高気温は30℃を上回った。

「穂叶ちゃん、どこかへ行くのかい？」

夏休みなのに制服を着て、スクールバッグを肩にかけたあたしを見て、おばあちゃんは不思議そうな顔をする。

「うん、友達の補習に付き合うの」

琢磨くんと優真くんに頼まれてしまったし、力になれるならそうしたいから。

もちろん、渚くんと梨子もふたりの脱補習コーチとして来る予定だ。

そういえば、優真くんに補習助けてって言われたのを思い出しちゃうな。

あのときの優真くんの必死さに、あたしはクスリと笑った。

「よかった……」

「え……？」

おばあちゃんはあたしを見て、うれしそうに笑った。

そんなおばあちゃんに、あたしは首を傾げる。

「よく笑うようになったね、穂叶ちゃん」

「そう……かな？」

「おばあちゃんは、穂叶ちゃんをずっと近くで見てきたんだよ。うん、穂叶ちゃんはよく笑うようになった」

　おばあちゃんのうれしそうな顔に、あたしは笑顔を向けた。

　今まで、あたしの不安定な感情に、おばあちゃんを巻きこんで苦しめてばかりだったよね。

　どうにもならないこの苦しみを、あたし自身もコントロールできなくて、辛かった。

　でも今は少し……前より前向きになれた気がする。

「行ってきます、おばあちゃん」

　あたしはおばあちゃんの笑顔に見送られながら、家を出た。

　夏の暑い日差しが肌を焼いてしまいそうで、今日は日焼け止めを塗（ぬ）ってきた。

「わぁ……本当に暑いなぁ……」

　半袖のワイシャツを第2ボタンまで開け、リボンをゆるめる。

　首筋（くびすじ）に汗が伝うのを、ハンカチで拭った。

　いつもの通学路をひとり歩いていると、どこからか視線を感じた。

「え……？」

　キョロキョロと周りを見渡すと、電柱のすぐ隣に、サングラスをかけ、黒いジャージとパーカーに身を包んだ男の人が立っているのを見つける。

　あの人、こんな暑いのにフードなんてかぶって……暑く

ないのかな。

　不思議に思って見つめていると……。

「穂叶ちゃーん！」

　名前を呼ばれて振り返ると、渚くんが笑顔で駆けよって
くるのが見えた。

「おはよう、渚くん」

「こんなところで立ちどまって、どうしたの？」

　あたしの隣に並んだ渚くんに笑顔を返すと、渚くんはあ
たしを不思議そうに見つめた。

　あ、そうだ……あの人……。

　あたしは、先ほどの電柱に視線を向ける。

　でも、そこにはもうあの男の人はいなかった。

「たいしたことじゃないんだけど、そこにヘンな男の人が
いて……」

「え!?　なにかされなかった!?」

　あたしの両肩をつかんで、心配そうに顔を近づけてくる
渚くんに、目を見開く。

　ち、近いっ……。

　渚くん、心配してくれるのはうれしいけど、心臓に悪い
な。

「うん、目が合ったくら……」

「ったく、明るくても油断ならないな。うん、穂叶ちゃん、
ひとりで出かけるの禁止！」

　あたしの言葉をさえぎって、ひとりうなずく渚くんに、
首を傾げた。

禁止って言ったって……。

「でも、そんなの無理なんじゃ……」

「外に出るときは俺が送るから！　あぶない目にあわせたくないんだ！」

　渚くんは、たぶん……ものすっごく過保護？

「なら、渚くんのことは誰が守るの？」

　だから、自分をないがしろにしてしまいそうで少し……いや、ものすごく心配。

　そう思うあたしも、過保護かな？

「俺は男だからいいんだよ」

「……そういう問題？」

　男だからとか、女だからとか関係ない気が……。

　いつも守ってもらってばっかりだから、あたしも渚くんを守りたい……なんて、えらそうだって思われるかな。

「……むぅ」

　渚くんは口を真一文字にして、あたしを困ったような、照れたような顔で見つめてくる。

「渚くん？」

　首を傾げると、渚くんはなぜか苦しそうに「はぁぁ」っと息をはいた。

「穂叶ちゃんって、本当に可愛い……」

「へ……？」

　あれ、今可愛いって言わなかった？

　聞きまちがい？

　そうだったらはずかしいし、聞けないや。

渚くんは首に手を当てて、空いた方の手をあたしに差し
出す。

　それを取るのが自然かのように、あたしは渚くんの手を
握り返した。

「行こう、穂叶ちゃん！」

「う、うん？」

　うれしそうに手を引く渚くんは、どんどんあたしを引っ
ぱって歩いていく。

　いつも歩幅を合わせて歩いてくれる渚くんにしては、め
ずらしいことだった。

　そんな渚くんの背中を見つめながら、あたしは手を繋げ
たことがうれしくて、そっとバレないように微笑むのだっ
た。

「だーかーらー!!　琢磨あんた、なんでそんなにバカな
の!?」

「だってよー！　つか、なんだよインフレ、デフレって!!」

　琢磨くんは今、教室で梨子から現代社会を習っている。

　夏休みの補習と言っても、結局は放置で、この時間を使っ
て勉強しなさいという程度のものだった。

　監督の先生もいないからか、補習に来ていた他の人たち
もしゃべり放題。

　要は、追試に受かればいいのだ。

「インフレは、お金の価値がさがって、物価があがること！
逆にデフレは、お金の価値があがって、物価がさがること！

あんたはもうなにも考えずに、そのまま覚えた方がいいわ」
「僕、インフレ、デフレのカタカナが頭の中でグルグル回ってるよ……」
　優真くんは、なんというか……遠い目をしていた。

　それから、梨子のスパルタ講義は続き、やっと期末テストの範囲が終わった。
「次は、穂叶ちゃんの英語だね」
　渚くんの一言に、琢磨くんと優真くんのふたりはげんなりとした顔をする。
　今回の範囲だけを集中的にやらなきゃ。
　たぶん、ふたりは基礎という基礎も怪しそうだし……。
　あたしが前に座ると、ふたりはゴクリと息をのんだ。
　身がまえられたことに苦笑いしつつ、教科書を開く。
「じゃあ、教科書23ページ、He kept his sence of humor until the day he dead.を自分たちなりに日本語に訳してみて？」
　たしか、これは伝記の一部を抜粋した英文だった。
　日本語訳にすると、"彼は死ぬまでユーモアのセンスを持ち続けた"になる。
「えーと、Heが彼で、keptが……彼は持ち続けた？　は？なにをだよ！」
　自分で言ってツッコむ琢磨くんに、あたしはクスリと笑ってしまう。
「deadって、死んだ？　嘘、なに、彼死んだの？」

「さぁ、どうだろう。他にもわかる単語を拾ってみて？」

　優真くんは教科書を食い入るように見つめる。

　そんな優真くんに、あたしは他の単語を読むようにうながす。

「humor……って、ユニークとか、ユーモアって意味じゃなかったか？」

「琢磨、ユーモアだよ、たぶん」

　琢磨くんと優真くんはふたりで知識を出し合って、答えを導きだそうとしている。

「うん、そうだよ。ふたりともすごいね、ちゃんと答えに近づいてる」

　あたしはゲーム感覚で勉強できるように、ふたりを誘導した。

　英語って、わからないと見るのも嫌になっちゃうから、まずは楽しむことが大事だよね。

「なんでか知らないけど」

「知らねーけど」

　優真くんと琢磨くんは同時にあたしを見る。

「「彼は死ぬまでユーモアのセンスを持ち続けた」」

　ついに、答えにたどり着いた。

「らしいよ」

「らしーぞ！」

　優真くんと琢磨くんのその一言に、梨子と渚くんが噴きだした。

「バカの会話ね！」

涙のむこうで、君と永遠の恋をする。 >> 135

「ユニークなのはお前らだって!」

　さんざん笑われてるけど……。

　ふたりなりにがんばって答えを導きだしたことには変わりない。

「正解、がんばったね」

　あたしが笑うと、ふたりはなぜか涙目であたしを見つめる。

　え、なんだろう?

「このスパルタからの優しさ!!」

「身に染みるね……」

　琢磨くんと優真くんに両手を握られる。

　さすが、双子……言うこと、行動がシンクロしてるなぁ。

　それを温かい気持ちで受け入れていると……。

「穂叶ちゃんに甘えるな!」

「誰がスパルタよ!!」

　──ズコーンッ!

　渚くんと梨子の鉄拳がふたりの頭に落ちた。

「いってぇー!!」

「穂叶ちゃん、僕の頭へこんでない?」

　琢磨くんの悲鳴と、優真くんの不安げな声が教室に響きわたる。

「あはは」

　ついにこらえられなくなったあたしは、声をあげて笑う。

　だって、みんなおもしろいんだもん。

　すると、そんなあたしを、みんなが驚いた顔で見つめて

きた。

　え……？

　みんな、どうしたんだろう……。

「穂叶ちゃんって、こんな風に笑うんだな！」

「これはレアだね、すごく可愛い」

　琢磨くんと優真くんがあたしの顔をジッと見つめてくる。

「穂叶を変えたのは、誰かしらね？」

「へ!?」

　梨子の意味ありげな視線に、渚くんはワタワタとあわてだした。

　少し、顔が赤く見えたのは気のせい？

「あー、つか!!　もう、さっさと追試受けて、みんなでどっか行かね？」

　琢磨くんは机に突っぷしてそう言った。

　そっか、早く追試に受かれば、もう補習に来なくてもいいんだった。

「むしろ、忘れないうちに受けないとヤバイ」

　優真くんもそれに便乗する。

　人間の短期記憶ほど、頼りないものはないからね。

「行くってどこへよ？」

　梨子は近くの机に腰をかけて、みんなに尋ねた。

「そんなん！　……う、海とか？」

「なんで照れてるのよ？」

　はずかしそうに言った琢磨くんに、梨子は怪訝そうな顔

をする。
「そりゃあ、水着見放題だろ、おいしいなぁと……」
「はぁ!? なに、そのいかがわしい理由はっ、このヘンタイ!!」
「うるせーし! 男はみんなヘンタイなんだよ!!」
　ギャーギャーと言い合いを始める琢磨くんと梨子の横で、あたしと渚くんと優真くんは顔を見合わせて話の続きをする。
「で、穂叶ちゃんは海でいいの?」
「あ、みんなの行きたいところでいいよ」
　渚くんは、あまり意見を言わないあたしに必ず意見を聞いてくれる。
　やっぱり、優しい人だなぁ……。
「そう? それなら海でもいいよな。どう思う、優真?」
「うんうん、ヘンタイはどうかと思うよね」
「優真、俺たちの話聞いてた?」
　あきらかに話を聞いていない優真くんに、渚くんはあきれている。
　そして、脱線した話を戻すように、「ふたりとも!」と琢磨くんと梨子を呼んだ。
「海までなにで行く? 電車で行ける範囲じゃなきゃ」
「あ、なら僕、いいこと考えた」
　渚くんの言葉に、優真くんがニヤリと笑う。
「おお、その手があったか!!」
　さすが双子というべきか……。

琢磨くんは優真くんの考えがわかったのか、ふたりは目を合わせると、同じようにニヤリと笑った。

「じゃあ、1泊2日で山中湖な!!」

「うちの別荘があるんだ」

　琢磨くんと優真くんの言葉に、あたしたちは目が点になる。

　え、1泊2日の山中湖？

　山中湖って、山梨県にある、あの山中湖のこと……？

　今まで、海に行くって話じゃなかったっけ。

　でもまぁ……みんなが楽しそうだから、いっか。

「あぁ、そういうことか」

　渚くんは、なにか納得しているようだった。

「忘れてた、コイツらボンボンだった！」

「え、そうなの!?」

　渚くんの言葉に、梨子が驚きの声をあげる。

　ボンボンって、お金持ちってことだよね。

　まさか、ふたりの家が別荘を持っていたなんて……すごい。

「父親が社長！　なんのか忘れたけど！」

「母親はデザイナー……なんかの」

　琢磨くんと優真くんがシレッと答えた。

「いや、忘れるなよ！　自分の家族のことだろう!?」

「待って、跡継ぎがこんなバカでいいの？」

　渚くんと梨子のツッコミが、どんどん鋭くなっているのは気のせい……？

涙のむこうで、君と永遠の恋をする。 ≫ 139

「じゃあ、決まりな！」

「いつにする？」

　どんどん進む話に、双子以外は取り残されている。

　でも、これがなんだか楽しい。

　いつもの、みんなの日常。

　今までなら、みんなといてもどこか……遠目に見ている
自分がいた。

　だけど今は、この場所が自分の居場所だと思えるように
なった。

　そう思えるようになったのは、きっと……。

　あたしは、隣の渚くんの横顔を見あげる。

「ん？　どうかした？」

　視線に気づいた渚くんは、あたしに笑いかけてくれた。

　この笑顔を見て……迷いなく言える。

　それはきっと、渚くんと出会えたからだって。

欲ばりな恋心

【穂叶side】

みんなで猛勉強の末、琢磨くんと優真くんは無事、追試に合格した。

その３日後、あたしたちは山梨県にある山中湖近くの魚住家別荘までやってきた。

「海じゃないけど、湖までは歩いて５分よ」

「真由子さん、ありがとうございます」

魚住双子の母、真由子さんが別荘前であたしたちを車からおろしてくれる。

真由子さんはそのまま、車を駐車場に停めにいった。

この１泊２日のお泊まりには、真由子さんが付きそってくれることになっている。

真由子さんは、かきあげ前髪に黒いストレートロングヘアの美人。

この母にして、このイケメン双子の子ありって感じだ。

「綺麗……」

車をおりると、少し高台だからか、遠くに山中湖が見えた。

わぁ……っ。

荷物を手に、あたしはキラキラと太陽の光を乱反射させる山中湖に目を奪われる。

「湖、入れるらしいよ」

涙のむこうで、君と永遠の恋をする。 >> 141

「渚くん」

　いつの間にか隣に立っていた渚くんと一緒に、山中湖を見つめた。

　こんな風に好きな人と、大切な友達と一緒にプチ旅行に来られたことがすごくうれしい。

　友達と夏休みを満喫できるだなんて、少し前までは想像もできなかったな。

「おーい、姫たちー‼」

　琢磨くんがこちらに向かって手を振っている。

「姫じゃない‼」

「まぁまぁ、渚姫、穂叶姫、お手を……」

「優真〜〜！」

　優真くんの首をアッパーで絞める渚くんに、あたしと梨子は顔を見合わせて笑ってしまった。

　魚住家の別荘へと移動したあたしたちは、家の中をキョロキョロと見まわす。

　別荘はログハウスで、窓が大きく開放的だった。

　ウッドデッキからは山中湖が見えるし、すごく眺めがいい。

　今から湖に行くのが楽しみで、ワクワクしてきた。

「穂叶、早く湖に行きたいね！」

「そうだね、梨子」

　あたしたちは今日寝泊まりする部屋に案内されると、荷物を整理しながらそんな話をする。

準備ができたら、男子たちとは湖で待ち合わせすること
になっている。

　一応、男女で部屋を分けたけど、夜も騒ぐだろうから、
あんまり関係ないんだろうな。

「水着、新調したの！　見て、穂叶！」

　梨子はネイビー色のツイストのバンドゥブラに、パーム
ツリーのプリントショーツビキニを着て見せてくれた。

「すごく、似合ってる」

　大人っぽい梨子にぴったりな、セクシーな水着だった。

　モデルさんみたいに綺麗だから、梨子はなんでも似合う。

　それが、すごくうらやましい。

「穂叶は、うん！　予想どおり！」

「そ、そう……かな？」

　うん、これって、喜んでもいいの？

　あたしは先ほど着替えた自分の水着を見おろす。

　透け感のあるシフォンが女の子らしくて、ひと目ぼれし
た水着だった。

　二の腕や、自慢できるほどないバストをカバーしてくれ
るデザインで、白色のオフショルダービキニ。

「やっぱり穂叶は清楚系で可愛いって意味！」

「清楚系……？」

　あたし、清楚系を目指しているわけじゃないんだけどな。

　それに、自分がそんな風に見られているとは思わなかっ
た。

「うん！　穂叶は誰にも汚されてない感があるのよ」

涙のむこうで、君と永遠の恋をする。 >> 143

「け、けがっ……梨子！」

　あたしは顔をまっ赤にして、梨子に抗議する。

　梨子ってば、そういうのははずかしいからやめてっ。

　もう、絶対にからかってるよ……。

　すると、梨子は大笑いした。

「あははっ、可愛いすぎよ、穂叶」

「梨子〜っ!!」

　照れるあたしをギュッと抱きしめながら、梨子はあたし
に麦ワラ帽子をかぶせてくれる。

「穂叶、前より笑うようになったね」

「え……？」

　あたしの顔をまじまじと見つめて、うれしそうにうなず
く梨子に首を傾げる。

　そういえば、おばあちゃんにも同じことを言われたこと
があったな。

　たしかあれは、夏休みの補習に付き合うために学校へ行
こうとしていたときのことだ。

「今までは、笑っていてもどこか作ってるところがあった
よね」

「梨子、気づいて……？」

　……隠せているつもりだった。

　なのに、梨子にはバレバレだったってこと？

「バカ、何年親友やってると思うの？」

　小学校からの付き合いで、かれこれ10年近く一緒にいる。

　梨子の気持ちなんて、手に取るようにわかった。

そっか、あたしだけが梨子のことをよく知っているのだと思ってたけど……。

　梨子も同じだったんだ。

　あたしのことをよく見ていてくれて、嘘なんて簡単に見破れるほどに、あたしのことをわかってくれる。

「梨子には、敵わないや」

　本当に、あたしの親友は、あたし以上にあたしのことを理解している。

「ふふっ、あたしの大切な親友ですからね」

「梨子も、あたしの大切な親友だよ」

　これから何年たったとしても、梨子があたしの親友であることは変わらない。

　そう、迷わずに信じられる。

「じゃあ、行こうか穂叶」

「うん、あ！」

　あたしはテーブルに置いていたスマホをポシェットの中に入れる。

　それを肩からかけて、梨子に駆けよった。

「写真撮ろうね、絶対！」

「うん、梨子と撮りたい」

　これからは辛い思い出じゃなくて、思い返すたびに心が温かくなるような思い出を残したいから。

　そんなことを考えながら、あたしは梨子に笑顔を返して、ふたりで部屋を出た。

「真由子さん、行ってきます！」

涙のむこうで、君と永遠の恋をする。　≫　145

「行ってきます」

　あたしたちは、部屋でくつろいでいる真由子さんに声を
かける。

「あら！　可愛いじゃない!!　やっぱりいいわね、女の子
は！」

　真由子さんは目をキラキラさせて、あたしたちに駆け
よってきた。

「ほら、うちにはあのバカ息子たちだけだからね。あー、
本当に可愛いわ！」

　真由子さんは、梨子とあたしをギュッと抱きしめる。

「ふふっ、ありがとうございます！」

「わわっ……ふふっ」

　梨子とあたしは、顔を見合わせて笑った。

　バカ息子と言いながら、真由子さんは大切な家族へ向け
る優しい表情をしている。

　お母さんって、こんな風に温かい存在なんだろうな。

　そう思うと少し、胸が切なくなった。

　真由子さんに見送られ、あたしたちは山中湖までたどり
着く。

　砂浜の砂がサンダルの中に入ってきて、歩きにくい。

「よーし！　この砂浜の上で誰が一番速く走れるか、勝負
しよーぜ!!」

「琢磨、暴れないでよ。ペッ、口の中に砂入った」

　聞き覚えのある声が聞こえたと思ったら、琢磨くんと優
真くん、それから……。

「お前たちは〜、女の子たち来るまでおとなしくしてろ！」

　ふたりをたしなめる渚くんの姿がある。

　3人は、もうすでに砂浜で騒ぎまわっていた。

「おーい！　お待たせ〜！」

　梨子が手を振って、渚くんたちに声をかける。

　すると、みんながこっちに気づいた。

「うお!?」

「ほー、これは眼福だ」

「わわわ、目に毒だよ！」

　琢磨くん、優真くん、渚くんの順にこっちを見てそれぞれコメントしてくる。

　ははは、本当にみんなといるとにぎやかだなぁ。

「ちょっと渚！　毒ってなによ！」

「その……目のやり場に困る……というか」

　迫る梨子と、顔を赤くして逃げる渚くん。

　それを見て、今日も平和だなぁ、なんて思う。

「ほーのかちゃん、めちゃくちゃ可愛い！」

「じゃあ、このまま僕たちと湖に入ろうか」

　左手を琢磨くん、右手を優真くんにつかまれ、ズルズルと湖へと近づいていく。

「え、え？」

　あたしはついに湖まで来てしまった。

　そういえば、ふたりに手をつかまれても、あたし……大丈夫みたい？

　というか、これからどうするんだろう。

涙のむこうで、君と永遠の恋をする。 >> 147

「いっつも、渚姫が穂叶ちゃんの隣キープしてたからなぁ」
「僕たちも、穂叶ちゃんと遊びたい。だから、渚から拉致る」
　ええっ……？
　だから、あたしのこと引きずってきたの？
「じゃあ、どんどん行こうぜ!!」
「おー」
　——バシャッ、バシャッ。
　相変わらずの双子のマイペースに巻きこまれながら、あ
たしたちは足が着くか着かないかのところまでやってき
た。
「わっ、もう足がっ……」
　ふたりは背が高いからいいけど、あたしは溺れちゃうっ。
　そう思った瞬間、ズルッと足がすべった。
　——ドボンッ!!
「お、おいっ、穂叶ちゃんが消えたぞ!?」
「今まで僕たちの隣にいたのに、神隠しだ!!」
　そんなふたりの声が聞こえると、すぐに両腕を引っぱら
れた。
「ぷはっ……し、死んじゃうかと思った……」
　ぶくぶくと沈む前に、琢磨くんと優真くんが助けてくれ
たみたい。
　よ、よかった……。
「ご、ごめんな、穂叶ちゃん……」
「僕も、テンションあがっちゃって、穂叶ちゃんが小さい
の忘れてた」

しょぼんとしているふたりにあたしは笑う。

　だって、あたしと遊びたいって、そう思ってくれたことの方がうれしくって。

「全然、大丈夫だよ？　助けてくれて、ありがとう」

「「穂叶ちゃん、女神だ」」

　ふたりの声が重なる。

　それがおもしろくて、「ぷっ」と噴きだしてしまった。

　あ、でも優真くん、テンションあがってたんだ？

　いつ、どこでだろう？

　そんな素振りなかったから、気づかなかったなぁ。

　そんなのん気なことを考えていると……。

「ほ、穂叶ちゃん!?」

　すぐに異変に気づいた渚くんが悲鳴に近い声で叫ぶ。

「このバカ双子!!　穂叶になにしてくれてんのよ！」

　渚くんと梨子がこっちに来るのが見えた。

「穂叶ちゃん、こんなに濡れて！　大丈夫!?」

　心配そうな顔をした渚くんが、バシャバシャと水をかき分けてあたしのそばへやってくると、髪を整えてくれる。

　そして、近くに浮いていた麦ワラ帽子を片手に、あたしの手を引いて湖から少し離れた浜へとあげてくれた。

「ありがとう、渚くん」

　あたしはポタポタと水滴が落ちる髪を軽く握り、絞った。

「あ〜〜、穂叶ちゃんっ、俺ダメだ!!」

　渚くんは顔を片手で覆い、その場にしゃがみこむ。

「え、え？」

涙のむこうで、君と永遠の恋をする。 >> 149

　渚くん、どうしちゃったんだろう。

　さっきから、落ちつかない様子。

　そんな渚くんが心配で、あたしは目の前にしゃがみこん
だ。

「穂叶ちゃんが……可愛いすぎて、辛い」

　顔の赤い渚くんは、顔をうつむけて上目遣いであたしに
そう言った。

　あたしも、その一言で顔に熱が集まる。

「なっ……渚くん、なに言って……」

　本当になにを言ってるんだろう、渚くんは。

　あたしが可愛いだなんて、あるはずないのに……。

　梨子は誰もが認める美人だけど、あたしは誰もが認める
平凡な容姿だ。

「もっと、いろんな穂叶ちゃんが見たいって、俺どんどん
欲ばりになってくみたいだ」

「それは……」

　それは、あたしもだよ。

　渚くんのこと、もっともっと知りたい。

　あたししか知らない渚くんの表情、しぐさ、気持ちを知
りたいって欲ばりになる。

「あたしも、渚くんのことを知りたい」

「え……えっ!?」

　あたしの一言に渚くんは目を見張り、驚きの声をあげる。

　そんな渚くんに、あたしは繋いだままの手にギュッと力
を入れた。

気づいて。

あたしは……渚くんが好き。

渚くんは、あたしなんかよりもっといい子と付き合うべきだと思うのに、この手を振りはらえない。

だからどうか、この気持ちに気づいてくれますように。

でもまだ、この気持ちを言葉にしていいのかわからない。

こんなあたしが、誰かを好きになってもいいのか、不安で言葉にできなかった。

「穂叶ちゃん……俺……」

繋いだ手を少しだけ引かれた。

あたしと渚くんの顔がぐんと近づく。

──ドキンッ。

渚くんとの距離、数センチ。

嘘っ……。

ここから少し離れた湖の方には、梨子たちがいるのに。

誰かに見られたりしたら……っ。

渚くんの吐息が顔にかかると、その瞬間から金縛りにあったみたいに動けなくなって、顔に熱が集まった。

ドキドキと、あたしの意思とは関係なしに心臓が騒いでいる。

あのフローラルの香りがわかるくらいの距離に、あたしたちはいた。

「渚くん……」

渚くんの、いつもとちがう熱を含んだ瞳から目を離せない。

まるで、時間が止まってしまったみたい……。

　ずっと、このままでいられたらいいのに……。

　好きな人と見つめ合う時間が、こんなにも幸福感に溢れていることを、あたしはこのときはじめて知った。

「穂叶ちゃんが……」

「オーイ、渚！　穂叶ちゃーん!!」

　渚くんが、意を決してなにかを伝えようとした瞬間、湖で遊んでいた琢磨くんに呼ばれてしまう。

「琢磨、あのタイミングでよく呼んだね」

「バカ琢磨……」

　優真くんと梨子は、琢磨くんのうしろで苦笑いを浮かべていた。

　見られていたと思うと少し……いや、かなりはずかしくて、顔から火を噴きそうになった。

「ううっ……琢磨を恨んでやるっ……」

「渚くん、大丈夫？」

　涙目の渚くんが心配で顔をのぞきこむ。

　すると、渚くんは苦笑いを浮かべながら、あたしの手を引いて立ちあがらせてくれた。

「続き、絶対に言うから」

「え……？」

　立ちあがった渚くんは、真剣な瞳であたしを見おろすと、そう言った。

「そのときは、最後まで聞いてくれると……その……うれしい」

「……うん、渚くんの言葉なら、どんな言葉でも聞きたい」

　笑顔を返すと、渚くんは少し照れくさそうに頬をポリポリとかき、あたしの歩幅に合わせて湖にいるみんなのところへと向かう。

　でも、渚くん。

　渚くんの言葉の続きを聞くのが、本当は少し怖いです。

　それを聞いたら、今までの関係が変わってしまう気がするから。

　でも……渚くんはきっと、大切なことをあたしに伝えようとしてくれたんだと思う。

　だからあたしも、勇気を出して君の気持ちに向き合うね。

　そう、心の中で渚くんに声をかけたのだった。

　みんなと合流したあとはビーチボールで遊んだり、それぞれ自由に湖に入ったりして過ごした。

　そして、別荘に戻って夕食とお風呂を済ませたあたしたちは、「ババ抜きやろーぜ」と言う琢磨くんの一言で男子部屋に集まり、ババ抜きをやりはじめた。

「げっ!!」

　あたしの目の前に座る琢磨くんは、引いたばかりのカードを見つめて、顔をまっ青にする。

　もしかして、もしかしなくても、この反応は……。

「……あのねぇ、顔に出すぎだから」

「ど、どどど、どこがだよっ!?」

　挙動不審な琢磨くんは、どうやらババを引いてしまった

涙のむこうで、君と永遠の恋をする。 >> 153

ようだった。

　そんな琢磨くんを、その隣に座る梨子があきれたように
見つめる。

「琢磨、顔どころか声まで震えてるよな」

「本当だね」

　渚くんの言葉に、あたしはぎこちない笑いを返した。

　素直な琢磨くんらしいといえば、らしい。

　ババ抜きは向いていないけど、その表情の変わりようは、
なかなかおもしろかったりする。

「よ、よーし、渚が俺のを引くんだな？」

「琢磨、そんなにババを見つめたら、俺わかっちゃうから、
せめて天井でも見てろよ」

　引いたババを穴が開くほど見つめる琢磨くんからカード
を引くのは、琢磨くんの隣に座る渚くんだ。

「わ、わかった……つか、渚も目ぇつむれよ!!」

「え、俺もつむるの？　仕方ないなぁ……」

　しぶしぶ目を閉じてカードを引こうとする渚くんの手
に、琢磨くんはあきらかにババを近づけている。

　そしてとうとう、渚くんはそれを引いてしまった。

「うっしゃー!!」

「……やめろよ琢磨、そんな反応したら、ババが動いたの
がバレるだろ!!」

　琢磨くんの素直さは、どうやら周りにも被害を及ぼして
いるみたいだった。

「琢磨、確信犯ね……」

「ははは……でも、今度はあたしが引いちゃうかも」

　だって、次はあたしが渚くんからカードを引く番だから。

「穂叶ちゃん、次引いてくれる？」

「あ、うん！」

　この中にババがあるんだよね。

　わぁ……少し、緊張してきちゃった。

　渚くんの手持ちのカードを見つめて、あたしは決心すると手を伸ばす。

「あっ、えーと……」

　すると、渚くんは急にカードをあたしから遠ざけた。

「え、渚くん？」

　どうして？

　引こうと思ったのに……。

　不思議に思って見つめると、渚くんは苦笑いを浮かべている。

「えーと、ごめん」

「う、うん？」

　謝った渚くんは、あたしにもう一度カードを近づけた。

　そして、先ほどの一番左のカードを引こうとしたとき。

「ほ、穂叶ちゃん、俺を信じて」

「……え？」

　謎の発言と真剣な瞳に、あたしはポカーンと口を開ける。

　いったい、なにごとだろう。

　渚くんは必死に、あたしが選ぼうとしたカードとは反対側のカードをチラチラと見た。

あ、もしかして渚くんは……あたしに、ババを引かせな
いようにしてくれてる？
「でも、それだと渚くんが負けちゃう」
「俺はいいんだよ、穂叶ちゃんに勝ってほしいだけだから」
「渚くん……」
　なんというか、渚くんはあたしに甘い気がする。
　こんなに優しくされると、どうしていいのかわからない。
　心臓が、渚くんの優しさに触れるたびに騒がしくなるん
だ。
「でも、あたしは渚くんに勝ってほしいから……」
　あたしは渚くんの手から素早くババを引き抜いた。
「え、あっ！」
　すると、渚くんは驚きに目を見開く。
「こんなことでって感じだけど、少しずつ渚くんに恩返し
していきたいんだ」
　渚くんには、いつも助けられてばかりだから。
「穂叶ちゃん……」
　照れ笑いをするあたしを見つめると、渚くんは困ったよ
うに笑った。
「って、オイオイ!!」
「ちょっと、ババ抜きの趣旨変わってきてない？」
　琢磨くんと梨子がすかさずツッコミを入れてくる。
　たしかに、いつからか譲り合うババ抜きになっていた。
「俺が悪者みてーじゃねーか!!」
「いや……確実に、琢磨は悪者」

さっきまで黙っていた優真くんが、ボソリとつぶやく。

　優真くん、無言の時間が長すぎて、気配消えかけてたよっ。

　あたしの隣だったんだ……はは。

「それじゃあ次は優真くん、引いて……」

「了解」

　そう言ったあと、無表情であたしを見つめてくる優真くん。

　な、なんか……透視されてるみたい。

　ブラックホールにのみこまれそうなほどに見つめられて、あたしは耐えきれず視線をそらした。

「よし、ここが安全地帯」

「あっ……」

　すると、みごとにババではないカードを引いて、手持ちのカードとそろえると、優真くんはひとりあがってしまった。

「ババ抜き強すぎでしょ……無表情なんだもの」

「優真って顔に出ねーんだよな……」

　梨子と琢磨くんの言うとおり、優真くんの無表情ぶりは半端なく、心理戦では確実に勝てない相手だと思う。

「仕方ない、俺らも早くあがれるようがんばろうか！」

　渚くんがあたしの顔をのぞきこんでそう言った。

「うん！」

　それに笑顔でうなずいて、あたしはババ抜きに挑んだのだった。

「あーっ!!　くっそー!!」

「予想できすぎて、おもしろくないわね」

　頭を抱えて落ちこむ琢磨くんに、梨子の毒舌が刺さる。

　30分後、ババ抜きは琢磨くんの完敗で終わった。

「じゃあ、罰ゲームはみんな分のジュースで」

「くっそ、優真……。罰ゲームなんて決めてなかっただろーが！　このっ、覚えてろよ！」

　一番最初にあがった優真くんの命令によって、負けた琢磨くんが飲み物を買いにいくことになった。

　別荘の近くに自販機があったから、すぐに戻ってこられるとは思うけど……。

　全員分だと大変かな？

「仕方ない、俺もついていくから」

　手伝った方がいいかなと考えていると、渚くんに先を越された。

　さすが渚くん、やっぱり優しいな。

「うわーんっ、渚姫、愛してるっ！」

「やっぱ行くのやめるぞ」

「ゴメンなさい」

　そんな軽口を言い合いながら、渚くんは琢磨くんと一緒に部屋を出ていった。

　それを見送りながら、やっぱり渚くんは優しいなと思う。

「ふわぁ……ぁ」

　あぁ、眠くなってきた……。

　遊び疲れて気が抜けたあたしは、あくびをして近くの壁

に寄りかかる。

　すると、一気に眠気が襲ってきた。

「あれ、穂叶ちゃん、寝そう」

「あら、穂叶起きて！　寝るならあたしたちの部屋に戻る？」

　優真くんと梨子の声が聞こえる。

　あたしはなんとか眠気と闘いながら、閉じかけたまぶたを持ちあげる。

「大丈夫、起きてるよ……」

「すぐに落ちそうだけどね」

　苦笑いする優真くんの声が少しだけ遠くに聞こえた。

　不思議だなぁ、なんだかみんなのそばはホッとする。

　どうしてだろう。

　今までなら、どこにいても心休まる場所なんてなかったのに……。

　あの男の影に怯えて、お母さんの言葉にずっと悩んできた。

　なのに、ここは安全だって、疑いなくそう思える。

　そして、中でも一番安心できるのは……。

「あれ、穂叶ちゃん、寝ちゃったの？」

「渚……く、ん……」

　渚くんが帰ってきたのか、あたしの目の前にしゃがみこむのが見えた。

　その手には、ジュースが握られている。

「目がとろーんってしてる。疲れちゃったんだね。いいよ、

寝ちゃったら俺が運ぶから」

　渚くんの手が、ウトウトするあたしの頭をなでた。

　あぁ、頭をなでられるの、気持ちいいなぁ……。

「安心して、俺がそばにいる。だからどうか、いい夢を見て……」

　そうだ。

　この手が、この人のそばが、世界で一番安心できる。

　どっと眠気が強まって、あたしはついにまぶたを閉じてしまった。

「あり、がと……う……」

「いいんだよ、俺は穂叶ちゃんのためなら……」

　その続きが聞こえない。

　聞きたいのに、眠気に逆らえなった。

「おやすみ、穂叶ちゃん……俺の、大切な……」

「ん……」

　返事をするつもりで出した声は言葉にならないまま、あたしは渚くんに導かれるように眠りについたのだった。

夏の青空に祝福の笑顔

【穂叶side】

その夜のこと。

トランプで盛りあがったあたしたちは、遊び疲れて男子部屋で雑魚寝してしまっていた。

ふと目が覚めると、窓の外はまっ暗で、月と星の明かりだけがそこにある。

あたしは、ゆっくりと体を起こした。

「ん……」

近くで寝息が聞こえたと思ったら、すぐ隣で渚くんが寝ていた。

わわっ……。

こんなに渚くんの近くで寝ていたなんて、びっくりだ。

はずかしくて、ひとり顔を赤くしながら、みんなの様子を見てみようと周りを見渡す。

「うぐぐ……」

苦しそうな声が聞こえた方へと視線を向けると、琢磨くんのお腹の上に、梨子が頭を乗せて寝ていた。

琢磨くん、苦しそう。

でも……ふたりとも、こんなときでも仲よしさんなんだな。

「優真くんは……」

ちゃっかり自分の布団で寝ている。

涙のむこうで、君と永遠の恋をする。 >> 161

「ふふっ……」

みんな、ぐっすり眠ってるみたい。

今日は本当に楽しかったな。

あたしは喉が渇いて、みんなを起こさないようにそっと部屋を出た。

そして、リビングまで行くと、月明かりに照らされる山中湖がウッドデッキのある窓から見えた。

──カラカラカラ……。

「わぁ……綺麗」

あたしは、水を飲むのも忘れて引きよせられるようにウッドデッキに出る。

手すりに手をついて、月明りに照らされる山中湖を見つめた。

「月が……落ちてきたみたい」

ここから見ると湖はシンと静まり返り、綺麗に月が映っている。

まるで、夜空が下にもあるかのように錯覚させた。

「こんなに、おだやかな気持ちになれたのは、いつぶりだろう……」

あの男が現れてから、あたしは無我夢中で生きてきたような気がする。

ただ、生きるためだけに息をする。

生きるためだけに心を殺す。

なにも見ず、なにも聞かず、生きるためだけに自分の周りに檻を築いて、閉じこもった。

そうしなければ、あたしは生きていけなかったから。

でも今は、どうだろう……。

あの日々を思い返すと、やっぱりまだ苦しい。

だけど、苦しいだけじゃない……。

楽しい、うれしい、好きだなって気持ちも、感じてる。

あたしの中で少しずつ……なにかが変わりつつあるのかもしれない。

「穂叶ちゃん、ここにいたんだ」

「あっ……渚くん」

声をかけられて振り返ると、そこには渚くんがいた。

もしかして、あたしが動いたから隣で寝ていた渚くんを起こしちゃったのかもしれない。

申しわけない気持ちで見つめていると、渚くんはあたしの隣まで歩いてきて、同じように湖を見つめた。

「今は、なにを見てたの？」

少し心配そうに尋ねられた質問に、あたしは不思議に思いながら答える。

「えっと、湖を……」

「よ、よかった……ふぅ」

それを聞いた渚くんは、安心したように笑ってあたしを見つめた。

よかったって……どういう意味だろう？

なにか、心配かけるようなことをしちゃったのかな。

「また、死にたいって思ってたら……その、どうしようって思ったんだ」

「あ……」

　あたし、前に渚くんに死んじゃいたいって言ったんだっけ。

　窓を眺めている理由が死にたいからだなんて知ったら、心配もするよね。

「心配かけてごめんね？」

「あっ、いや、いいんだ。俺が勝手に不安になっただけだからさ。それより、俺こそ穂叶ちゃんのこと部屋に送るって言ったのに、ごめん！」

　あ……そういえば、そんなこと言ってたな。

　渚くんも、隣で寝ちゃっていたけど。

「じつはあのあと、琢磨たちとまたババ抜きしてたんだよ。そしたら、琢磨が勝つまでやめないって騒ぎだして……いつの間にか寝落ちしてたんだ」

「そうだったんだ……ふふっ、大変だったね」

　想像できる光景に、つい笑ってしまう。

「穂叶ちゃん、楽しかった？」

「うん、すごく楽しかったよ」

「穂叶ちゃんに、生きててよかったって思えること、たくさんしてあげたいんだ、俺」

「渚くん……」

「楽しいとか、うれしいって思える瞬間を、見つけてあげたい」

　渚くんは気づいていないと思うけど、あたしはもうとっくに楽しい、うれしいって思える瞬間に出会えている。

それは、渚くんや梨子、優真くんや琢磨くんといるとき
だ。
「俺の……その、一生をかけて、そのお手伝いを……させ
てくれませんか!?」
「……え?」
　あれ、今渚くん、なんて言ってた?
　突然、敬語になる渚くんに気を取られて、一瞬なんのこ
とを言っているのかわからなかった。
　一生をかけて……って、まさか。
　ううん、でもそんな、聞きまちがいだよ。
　いや、だけど、やっぱりそういう意味だよね……?
　一生、あたしのそばにいてくれるって……。
　そして、その言葉を理解した瞬間、あたしは息をするの
も忘れて、すぐさま聞き返す。
「あの、それって……」
　どういう意味でしょうか?
　あたしのカンちがいじゃなかったら、告白……というか、
それすら通りこして、プロポーズのようにも聞こえる。
　そんな予感を感じながら、あたしは不安を胸に渚くんに
答えを求めた。
　まっ赤な顔の渚くんは、あたしにまっすぐ向きなおる。
「昼間の続き……俺、穂叶ちゃんが好きだよって、言いた
かったんだ」
「っ!!」
　好き……あたしを、好き?

涙のむこうで、君と永遠の恋をする。 ≫ 165

　渚くんに言われたことを、何度も頭の中で繰り返す。
　そんな、まさか……！
　と思ったけど、見あげた渚くんの顔がまっ赤で真剣だっ
たから、冗談なんかじゃないってすぐにわかった。
「穂叶ちゃん、好きだ」
「渚くん……」
　あたしも……。
　もし、この気持ちを伝えることが許されるのなら……。
　伝えたい、ずっと胸に秘めていた想いを。
「あたしなんかが、誰かを好きになっていいのか……今で
もわからないけど……」
　あたしはそっと渚くんの左手を両手でギュッと握りしめ
た。
　そして、意を決して渚くんを見あげる。
「……好きです」
　好きなんだ。
　たまらなく、渚くんのことが。
　だって渚くんは、あたしの心を救ってくれた光だから。
　……心臓がバクバクいっている。
　あぁ、どうやって呼吸してたのかわからないくらいに苦
しいよ。
　人を好きになるって、こんなにも苦しくて……愛しいん
だね。
　あたしが忘れていた感情は、パズルのピースを埋めるよ
うに渚くんがくれた。

「そうだよね、今は穂叶ちゃん、大変な時期だし、俺に好きとか言われても迷惑……えっ!?」

　ブツブツとつぶやいて勝手に落ちこんでいた渚くんは、驚きの声をあげてあたしを見つめる。

「ぷっ……」

　まるで、鳩が豆鉄砲でもくらったかのような顔で、あたしはつい噴きだしてしまった。

「穂叶ちゃん、今なんて……」

　信じられないと言わんばかりの驚きように、あたしはまた小さく笑ってしまう。

　深呼吸をして、今度はちゃんと伝わりますようにと、渚くんを見つめる。

「あなたが好きです……渚くん」

　家族に向けるものとはちがう、恋した相手に告げる、生まれてはじめての "好き"。

「っ、穂叶ちゃん！」

　その瞬間、あたしは渚くんに強く、それは強く抱きしめられた。

「わ、わ！　嘘みたいだ……っ」

「渚くん、あたしも……夢、見てるみたいだよっ」

　渚くんが、あたしを抱きしめている。

　温かくて、この人があたしの大切な人なんだって、たしかめるように、あたしもギュッと抱きついた。

「ねぇ、穂叶ちゃん。……たしかめてもいい？」

「え……？」

涙のむこうで、君と永遠の恋をする。 **》** 167

「なにを？」と聞こうとして、渚くんの指があたしの唇
に触れた。

そして悟る。

渚くんがこれからなにをしようとしてるのか。

——トクンッ、トクンッ。

こんなに近かったら、渚くんにもきっと聞こえてしまう。

この胸の鼓動……もう、止められそうにない。

でも、渚くんになら……知られてもいいって思う。

近づく渚くんの顔。

あたしはそっと瞳を閉じた。

「大好きだよ……穂叶ちゃ……っ」

「なぎ……んっ」

名前を呼びおわる前にそっと重なった唇は、柔らかくて、
どこまでも甘く優しかった。

このままずっと繋がっていたいだなんて……ワガママな
ことを考える。

「大好き……俺の、大切な……んっ」

「んんっ」

すぐに離れたと思ったら、まるで形をたしかめるように
何度も角度を変えて重なる。

瞳を閉じれば、あたしを閉じこめていたあの檻が見える。

辛い現実から逃げるように作った、心の中の檻だった。

——カランカランッ。

あたしを囲んでいた鍵のない檻。

それがひとつ、またひとつと格子が壊れ、外の世界へと
あたしを誘う。

　遠くから、"穂叶ちゃん"と、優しくあたしの名前を呼
ぶ声がした。

　怖くてたまらなかった外の世界……自由そのものが、少
しだけ恋しいと思った。

　そして、ゆっくりと目を開ければ、そこには大好きな人
の笑顔。

　辛いことばかりのこの世界で、唯一あたしのSOSに気づ
いてくれた人。

「大好きだよ、穂叶ちゃん」

　そう言って、花のように微笑むこの人がたまらなく好き。

「うれしい……あたしも、大好き」

　うれしくて自然とこぼれる涙に、渚くんもうれしそうに
笑ってくれる。

　だから、あたしは"この人を信じよう"……そう思えた。

　また、渚くんに抱きしめられる。

　どうか、ずっとずっと……渚くんのそばにいられますよ
うに。

　その肩口から見えるちょっぴり欠けた月に、あたしはそ
う願った。

＊　＊　＊

　2日目の朝、今日は帰る日だ。

涙のむこうで、君と永遠の恋をする。 >> 169

　真由子さんは久しぶりに別荘に来たこともあり、近所の
人にあいさつに行っている。
　あたしたちはそれを待ちながら、家の前で話していた。
「渚くん……」
「よし、今がいいタイミングだね」
　あたしと渚くんは視線を合わせて、ふたり手を繋いだ。
　そのまま、緊張の面持ちで梨子や優真くん、琢磨くんの
近くまで歩いていく。
　そう、あたしたちは今から、あたしたちが付き合いはじ
めたことを、大切な仲間たちに報告しようとしている。
「み、みんな！　聞いてほしいことがあるんだ」
「おー？　渚、どーした？」
　緊張する渚くんに気づいて、琢磨くんが不思議そうな顔
をする。
「というか、手繋いでる」
　優真くんはあたしたちが手を繋いでいるのに気づいて、
指をさした。
　梨子はなにも言わず、ただ微笑みながらあたしたちを見
つめている。
　梨子は、なんでもお見通しなんだろうな。
　あぁ、緊張する。
　渚くんに好きって伝えるのと同じくらい、緊張するよ。
　そして、ついにそのときはやってきた。
「お、俺たち付き合うことになった！　から……」
「そ、その……よろしく、お願い……します」

緊張する渚くんにつられ、あたしも語尾がどんどん小さくなってしまう。

　今、あたしはきっと渚くんと同じことを考えているだろう。

　今すぐ、あのキラキラ輝いている湖の中へ飛びこんでしまいたい。

　それくらいはずかしくて、蒸発してしまいそうだった。

「おぉーっ!!　やっとか、よかったな!!」

「てか、穂叶ちゃんって、渚のひと目ぼれの相手だったんだし、やっと報われてよかったね」

　え、ひと目ぼれって、どういうこと?

　そんな話、渚くんからは一言も聞いてない。

「えーと……誰が、誰に?」

「え、渚から聞いてねーの?」

　キョトンとする琢磨くんに、あたしは渚くんに視線を向けた。

「うぐっ……この、おしゃべり」

　ギロリと琢磨くんをにらんだあと、渚くんは観念したようにあたしに向きなおった。

「えっと……俺、前に穂叶ちゃんに会ったことがあるって言ったの、覚えてる?」

「えーと……」

　たしか、夕日を見てたあたしを見かけたことがあるって話だったよね。

　でも、あたしには渚くんと会った覚えがない。

涙のむこうで、君と永遠の恋をする。 >> 171

「じつは、俺たち話したことあるんだよ。覚えてない？」

「えっと……」

　覚えてないよ……いつだろう。

　そのときに？

　それとも、まったく別の日に会ってるのかな？

「ははっ、覚えてないか。えーとね、あれは１年の入学式のときで……」

　そう話しだす渚くんの言葉に耳を傾ける。

　それは……あたしも知らなかった、最初の出会いだった。

【渚side】

　あれは、桜が舞い散る暖かい季節。４月のことだ。

　俺は、入学式の日に限って大遅刻をした。

『アラームかけ忘れるとかっ、ありえないよな!!』

　夜遅くまで店の手伝いをしていたせいか、アラームをかけずに眠ってしまった俺は、盛大に寝坊をしたのだ。

　ノンストップで走らないと、入学式に間に合わなくなる！

　そんなこんなで俺は全力疾走していた。

『はぁっ、はっ』

　体力はある方な俺でも、校門前の坂を駆けあがるのには息が切れた。

　少しだけ休むか……。

　そう思ってゆっくりと立ちどまった俺は、坂の途中に誰かがいるのに気づいた。

『あれは……』

　同じ学校の制服……ここの生徒なのはまちがいなさそうだけど……。

　入学式まであと10分なのに、こんなところでなにをしてるんだ？

　そんな疑問を抱えたまま、その人を見つめて息をのんだ。

『わぁ……綺麗な子だなぁ……』

　そこにいたのは、ハラハラと雪のように舞い散る桜の中、空を見あげている、短い黒髪の儚げな女の子。

　一瞬にして、目を奪われた。

　まるで、幻なんじゃないかと錯覚するほどの美しさだった。

　いや、むしろ桜の精とか……じゃないよな？

　どんな声をしてるんだろう。

　どんな風に笑うんだろう。

　同じ1年生かな、それとも先輩だったりして……。

　まだ、きちんと出会ったわけじゃないのに、俺の頭の中はその子のことでいっぱいになった。

『って、あれ……？』

　そんなことを考えこんでいるうちに、その女の子は目の前から姿を消していることに気づいた。

『話しかけようと思ったのに！！』

　まるで、桜みたいな儚げな女の子。

　残念だ。

　でも同じ学校なんだし、また会えるよな……？

涙のむこうで、君と永遠の恋をする。 >> 173

　そう、本当に幻じゃない限り、きっと。

　そのときを夢見ると、ドクドクと心臓が早鐘を打ち、全身に熱が流れていく。

　この気持ちを、どう言い表せばいいのか、そのときの俺にはわからなかった。

　入学式とホームルームを終えた俺は、近くの席だった魚住双子と仲よくなった。

　琢磨と優真は、今日会うのがはじめてだとは思わせないほどにフレンドリーで、俺もすぐに打ちとけられたっけ。

『それで、その子は入学式にいたのか？』

　そう尋ねてきたのは、魚住双子の兄、琢磨だ。

　入学式のときからキョロキョロとあの女の子を探す俺を不審に思ったのか、問いつめてきたので、しぶしぶ事の成り行きを話していた。

『いや、見つけられなかったんだよな』

　本当に、あの子にまた会えるのかな……。

　あのときは急いでいたし、疲れが見せた幻とかじゃないことを祈る。

『入学早々、ひと目ぼれってすごいね』

『ひ、ひと目ぼれ!?』

　そして、静かにメガネを押しあげたのが優真。

　琢磨より断然、優真の方が落ちついていて、弟っていう感じはしなかった。

　というか、ひと目ぼれってなんだ？

会って数分、いや数秒くらいしかなかったのに、ひと目ぼれだなんて。

　まさか……な。

　お互いのことを知らないうちに好きになるとか、ありえない。

『じゃあまずは、その子を探すとこからだな！』

『ん、目撃情報でも集める？』

　俺のこんな相談にノリノリで応えてくれるふたりは、この先も長く一緒にいられる、そう信じられる友達だった。

　そして、高校生活にも慣れたある日の放課後。

　店の手伝いがあるから、早く帰らなくちゃと廊下を走っているときだった。

『あっ……』

　C組の教室の窓辺に立つ女の子が目に入り、俺は足を止めた。

　あの短い黒髪の女の子……。

　まさか、入学式に会った……。

　やっと、やっと見つけた。

　そう、俺はあの女の子と、念願の再会を果たすことができたのだ。

『あ、あの……』

『はい……？』

　ゆっくりと歩みより、おずおずとかけた声はすぐに途切れる。

こちらを振り返った女の子は、声をかけるのをためらうほどに切なく、憂いを帯びた顔をしていたからだ。

　……どうして、こんな顔をしているんだろう。

　入学式の日に見たあの子は、青空をまぶしそうに見つめていたけれど、もっとおだやかな顔をしていたと思う。

　なのに今は……なぜ、こんなにも泣きそうな顔をしているんだろう。

『あっ、いや……なんでも、ないです』

『そう……ですか』

　俺の返事を聞いて、自分に用はないと思ったのか、また女の子の視線は窓の外へと向けられる。

　夕日を、見てるのかな……？

　それとも、まったく別のものなのか……。

　この学校の制服を着ているんだから、絶対にここの生徒のはずだけど、どうしてだろう。

　やっぱりまだ、目の前の女の子を幻なんじゃないかと思ってしまう。

　だからか、今声をかけたら目の前から消えてしまいそうで、俺はそっと後ずさった。

　……君は、いったい誰？

　遠くからその姿を見つめながら、どうしても女の子が気になって仕方なくなる。

"入学早々、ひと目ぼれってすごいね"

　ふいに、優真の言葉を思い出した。

　言葉を交わしたことはない。

なのに、俺は女の子のことばかり考えて、心臓がヘンになる。

声を聞いてみたい、もっと君のことを知りたいと願ってしまうのは……。

きっと俺が、君にひと目ぼれをしたってことなんだろう。

こんな気持ちになったのははじめてで、きっとこれが本気で恋をするってことなんだと知った。

そう、これが俺の本当の初恋。

この日からずっと、朝や放課後、移動教室の人ごみの中に、俺は君の姿を探していた。

【穂叶side】

「まぁ、会ったっていうより、俺が一方的に穂叶ちゃんのことを知ってただけなんだけどね」

照れくさそうに頭をかく渚くんに、あたしは驚いていた。

まさか、入学式の日にも渚くんに見られていたなんて……。

話しかけてくれたらよかったのに。

そうしたら、もっと早く出会えていたかもしれないから。

「俺は、穂叶ちゃんと出会うまで、本気で誰かを好きになったことがなかったんだって気づいた」

「渚くん……」

「こんなにも知りたい、触れたいって焦がれる女の子は、穂叶ちゃんだけだよ」

それは、あたしも同じだ。

涙のむこうで、君と永遠の恋をする。 >> 177

　渚くんに比べて、あたしは恋愛経験がまったくない。

　だからこそ、恋がどういうものなのか、想像もできなかった。

　それに、男の人を見ると、藤枝孝の姿がチラついて、恋愛なんて一生縁（えん）がないんだろうって、あきらめていた。

「俺の初恋なんだよ、穂叶ちゃんは」

「……あたしにとっても、渚くんは初恋だよ。あたしに、人を好きになる気持ちを、幸せを教えてくれて、本当にありがとう」

　手を取り合って、指を絡める。

　辛かったことも、この人と出会うための苦しみだったと思えば、あの辛い日々にも意味があったんだって思えた。

　そう思えたのも、すべて渚くんのおかげだよ。

「ヒューッ！　熱いねぇ!!」

「琢磨、古い」

　そう言いながらも、琢磨くんと優真くんはあたしたちを囲んで、笑顔で抱きついてくる。

「わっ、というか、穂叶ちゃんには抱きつくな！」

「やだ、こんな可愛いセット、抱きつくに決まってる」

　怒る渚くんに、優真くんはさらにギューッとあたしたちを抱きしめた。

「渚」

　ずっと黙っていた梨子は、渚くんの前に立ち、まっすぐに見つめる。

「梨子ちゃん……」

渚くんも、梨子をまっすぐに見つめ返す。

梨子、渚くん……？

ふたりとも真剣な顔をして、どうしたんだろう。

「穂叶のこと、どうか守ってあげて。あたしの役目は、もう渚のモノだから」

「梨子……」

梨子は、少しさびしそうにあたしを見つめる。

いつもあたしを守ってくれていた梨子。

それに、どれだけ救われていたか……。

あたしまで、胸が切なくなった。

「穂叶ちゃんのことは、俺にまかせて。絶対に幸せにするって、決めてるから！」

親友の梨子に、ハッキリとそう伝えてくれる渚くんの横顔を、あたしは見つめた。

この先、こんなにもあたしのことを想って真剣になってくれる人は、きっともう現れない。

「……梨子、あたしは梨子がいてくれて、本当にうれしかった。この先も、梨子はあたしの親友だよ」

「穂叶……うん！」

梨子があたしをギュッと抱きしめる。

そして涙目になりながら、そっと離れた。

「あたし……」

あたし、こんな大切な友達に、このまま自分のことを話さなくてもいいのかな……？

「穂叶ちゃん……？」

考えこむようにうつむくあたしを、心配そうに見つめる
渚くんの視線を感じた。
「ここには……穂叶ちゃんの話を、バカにする人は誰ひと
りとしていないよ」
「え……？」
　渚くんは、まるであたしの悩みに気づいているかのよう
に、いつも欲しい言葉をくれる。
「俺も穂叶ちゃんを知りたいって思ったように、みんなも
穂叶ちゃんの心に近づきたいはずだ」
「渚くん……うん、ありがとう」
　やっぱり、知ってもらおう。
　あたしが、ずっとひとりで抱えてきたもの。
　渚くんの言葉に背中を押された気がした。
「みんなに……ずっと話せなかったことがあるんだ」
　あたしは１歩前に出て、ゆっくりと深呼吸をする。
　そんなあたしの手を、渚くんはなにも言わずに握ってく
れた。
　そんなあたしを、みんなが静かに見守ってくれる。
　大丈夫、渚くんが言ってくれた言葉を思い出そう。
『俺も穂叶ちゃんを知りたいって思ったように、みんなも
穂叶ちゃんの心に近づきたいはずだ』
　きっと、そう思ってくれている。
　そう信じられるくらい、この仲間は友達を大切にする人
たちばっかりだ。
「あたしは、PTSDっていう病気なの」

みんなが、一瞬息をのんだ。

だけど、なにも言わない。

きっと、このままあたしの話に耳を傾けてくれるんだろう。

だから、そのまま話し続けることにした。

「死を意識した経験がある人が、そのときの状況を思い出してフラッシュバックする。それで……パニックを起こす病気なんだ……」

繋いだ渚くんの手に勇気をもらって、あたしはうつむかず、みんなの顔を見つめながら伝えた。

「あたしの場合は……母親の彼氏からの虐待が原因で、あの男に似た人とか、同じような事件をニュースで見るだけでも、パニックになる……んだ……っ」

こうやって思い出すだけでも、あのときの恐怖に心が囚われそうになる。

それは、死よりも苦しい時間だった。

「梨子は、中学のときに話したから知ってるよね」

「うん、穂叶が苦しんでるの……ずっと見てきたから」

あたしの言葉に、梨子は苦しげにうなずいた。

「どこにいても苦しくて、うれしいとか、楽しいって思える瞬間なんて、1秒たりともなかった」

そう、生きるために息をして、生きるために感情をもたないように、自分を檻に閉じこめた。

その方が楽だったんだ。

あたしなりの、痛みや悲しみを感じないようにするため

涙のむこうで、君と永遠の恋をする。 >> 181

の手段だったから。

「ずっとずっと……あたしは生まれた世界をまちがえたんだって思ってたんだ」

　みんなが楽しく談笑する中にいるのに、あたしだけがそこにいない。

　あたしとみんなとの間には、見えないガラスの壁があって、あたしだけが取り残されたような感覚。

　そんな感覚を味わい続けていた。

　あたしを必要としてくれる人。

　あたしを見つめてくれる人。

　あたしを好きだと言ってくれる人。

　そんな人、どこにもいない……そう思ってた。

「だけど……渚くんと出会えて、みんなと出会えて、あたしは、ここが自分の居場所だって思えるようになったの」

　渚くんがいて、梨子、琢磨くんや優真くんがいて……。

　みんなと楽しい時間を過ごすうちに、あたしはいつの間にか、ここにいることが当たり前になっていた。

「だから、あたしのことを知ってほしかった。ここにいるみんなに、秘密にすることなんてなにもないって……。それが、あたしなりの信頼の証です」

「「穂叶ちゃん……」」

　琢磨くんと優真くんが、声をそろえてあたしの名前を呼んだ。

「でね、こんなあたしだけど……。これからも、よろしくお願いします」

「よろしくお願いします」

　バッと頭をさげるあたしに、渚くんも合わせて頭をさげてくれる。

「今度は、俺たちも穂叶ちゃんを守るからさ！」

「まぁ、恋人枠はもう埋まっちゃったみたいだから、親友枠で……」

「ダメ、そこはもうあたしが埋めてるから！」

　琢磨くんに、優真くん、梨子が笑顔であたしたちの周りを囲む。

「よかったね、穂叶ちゃん」

「……うんっ、うん！」

　あたしにはもったいないくらいに温かい居場所をくれたみんな。

　ありのままのあたしを受け入れてくれて、本当にありがとう。

　ニッと笑ってピースする渚くんに、あたしは心から笑顔を返す。

　ここは、あたしの居場所だ。

　うん、胸を張って言える。

　あたしは、今ここで生きている。

　だから、この先もきっと……なにがあったとしても、渚くんが隣にいて、みんなの笑顔がそばにあるんだ。

　そんな幸せな未来をこの５人で築いていけるって、迷うことなく信じられた。

届かない想いと、閉ざした心

【穂叶side】
　9月、季節はまだ暑さの残る秋へと変わった。
　あたしたちの制服も衣替えして、長袖ワイシャツに、セーターやブレザーを着用するようになった。
　あたしはブレザーは着ずに、白のセーターだけで過ごしている。
「にしても、お化け屋敷かー、俺、メイド喫茶とかやりたかったわ」
「へぇ、琢磨がメイドやるの？　気持ち悪いわね」
「ちげーよ!!」
　琢磨くんと梨子は、3週間後に迫った文化祭の話で盛りあがっている。
　そう、あたしたちのクラスはお化け屋敷をやることになった。
　今は、ホームルームでその役割決めをしている最中なのだ。
「僕、お化け役が向いてると思うんだよね」
「急にどうしたの、優真」
　突然お化け役を買って出る優真くんに、渚くんは不思議そうな顔をした。
「ほら、このミステリアスな雰囲気を生かせると思う」
「自分で言うな！」

すかさずツッコむ渚くんに、周りがワッと笑いの渦に包まれる。

「じゃー、いいんじゃね？　俺たち、みんなお化け役でさ！」

「琢磨、あんたお化け役できるの？」

　お化け役……。

　言い出しっぺの琢磨くんが一番不適任な気がする。

　だって琢磨くん、声が大きいから、おどかす前にお客さんにバレちゃいそうだもん。

「穂叶ちゃん、お化け役でいい？」

「うん、みんなが一緒なら、なんでもいいよ」

　だって、みんなと一緒じゃなきゃ楽しくない。

　みんなとなら、お化けでもなんでもやりたい。

　そう言って笑うと、渚くんはなぜか顔を赤くした。

　そして、頬をポリポリとかく。

　これは渚くんが照れているときのクセだと、最近気づいた。

「穂叶ちゃん、本当優しすぎ。そのうえ可愛くて、ほんわかしててっ……ヤバい、俺、穂叶ちゃんのこと、すごい好きだっ!!」

「なっ……渚くん……」

　これも最近気づいた。

　渚くんは、恋人になったとたん、あたしをすごく溺愛してくれている。

「渚がまたバカになってる……」

　梨子は苦笑いを浮かべて、あたしと渚くんを見た。

涙のむこうで、君と永遠の恋をする。 >> 185

「穂叶ちゃんのことに関しては、バカでもいいや」

「な、渚くん……」

　渚くんの言葉はいつもストレートで、少しはずかしいけど、内心すごくうれしかったりする。

「こう見えて、嫉妬深いしな」

「たしかに、僕たちも何度、渚に殺されかけたか……」

　琢磨くんと渚くんは顔を見合わせてニヤニヤと笑う。

「殺されかけたって……？」

「俺たちが穂叶ちゃんと話してると、にらんでくるんだぜ、渚のヤツ」

「え、渚くんが……？」

　あの、誰にでも優しい渚くんが？

　どこか信じられない気持ちで渚くんを見ると、渚くんは苦笑いを浮かべた。

「俺だって、好きな女の子のことなら、ヤキモチくらい焼くんだよ」

「なっ、渚くん……」

　なんていうか……うれしさとはずかしさに倒れそう。

　火照る頬を両手でパタパタとあおいで冷やした。

「穂叶ちゃん、可愛いのにどこかボーッとしてるから、俺、心配なんだよ」

「ボーッと……」

　してるんだ、あたし。

　自覚症状はないけど、渚くんに心配かけないようにしないと。

「あ、いや！　ボーッとしてるのが悪いとかじゃなくて、むしろ好き……って、俺はなにを言ってるんだ？」

「わっ、あ、ありがとう……」

　言った渚くん本人が顔を赤くしてるから、なおさらあたしの顔も赤くなる。

　ストレートな渚くんの気持ちはうれしくもあり、はずかしくて悶絶しそうになった。

「お熱いことで」

「ことでー」

　琢磨くんと優真くんが楽しそうにからかってくる。

　渚くんは、ふたりの頭を容赦なくたたいた。

「お前ら、うるさい！　先生がいないからって、騒ぎすぎだぞ」

　たしかに……。

　先生が不在だからか、教室もザワザワしていて話も進んでいない。

　他のクラスメイトもそれぞれ近くの席の人と話しているのが見えた。

「えー、だって渚姫、顔まっ赤にしちゃって、可愛いんだもん」

「だもん」

　ニヤニヤする琢磨くんと優真くん。

　渚くん……なんか、あたしと付き合ってからふたりにイジられる頻度あがったな。

　それに、ときどき梨子もイジリの援護射撃してるし。

涙のむこうで、君と永遠の恋をする。 ≫ 187

　……なんかごめんなさい、渚くん。

　でも、それも幸せだなぁ……なんて、ノロケてしまう。

「もう、その話はいいだろ！　委員長、お化け役ってなに
やればいいの？」

　渚くんは話をそらすように、教卓の前に立つ文化祭委員
に声をかける。

「とりあえず、死装束みたいなのを着たらいいんじゃない
か？」

「座敷わらし？」

「砂かけばあさん？」

「もう、妖怪じゃん!!」

　文化祭委員の言葉に、クラスメイトたちがどんどんアイ
ディアを出していく。

「なんか、アトラクションみたいのはどうかな？」

「あぁ！　謎解きしつつ、前に進む的な！」

　こうして、うちのクラスは幽霊妖怪なんでもありの、謎
解きアドベンチャーアトラクション的なお化け屋敷をやる
ことになった。

　放課後、部活のある梨子たちと別れ、あたしは渚くんと
病院までの道を歩く。

　渚くんと付き合ってから、お母さんの病院へは毎日一緒
に行っている。

　今も、お母さんとの関係は友達のままだけど……。

　それでも、お母さんは笑ってくれるし、今はひとりじゃ

ない。

　あたしの隣には渚くんがいてくれるんだから、それ以上
を望むなんて欲ばりだよね。
「穂叶ちゃん、今日はお母さんにお菓子買ってきたんだ。
クッキーなんだけど」

　渚くんはカバンから小さな紙袋を出して、あたしに手渡
した。

　渚くん、お母さんのためにお花をくれたり、お菓子をく
れたり……本当に、あたしの家族も大切にしてくれている。
「ありがとう、渚くん」
「俺にとっても、穂叶ちゃんのお母さんは大切な人だから、
当然だよ」

　渚くんは、あたしの頭を優しくなでる。

　あたしはその手に、自分からも手を伸ばした。

　そして、ギュッと握る。
「ほ、穂叶ちゃん!?」
「本当なら、デートとか、放課後に友達と遊びにいったり
とか、したいはずなのに……」

　渚くんは、あたしのために時間をさきすぎだよ。

　部活に入らなかったのは、花屋を手伝うからだって言っ
てたのに、毎日あたしに付き合って病院に通ってくれてい
るし。
「あたし、渚くんのこと苦しめてない？　渚くんの自由を
奪ってるんじゃ……」
「俺、穂叶ちゃんのそばにいられて、すごくうれしい」

涙のむこうで、君と永遠の恋をする。 》》 189

　あたしの言葉をさえぎるように、渚くんは言葉を重ねて
くる。
　そして、目線を合わせるように、渚くんはあたしの目を
まっすぐに見つめた。
「どんなときもそばにいたいって俺のワガママ、穂叶ちゃ
んは迷惑?」
「そ、そんなわけないよ!」
　あたしはあわてて首をブンブンと横に振る。
　むしろ、そんな風に言ってもらえて、うれしい。
　あたしも、渚くんのそばにいられる時間は幸せだから。
　すると、渚くんはうれしそうにフワリと笑った。
「俺は、穂叶ちゃんが辛いときにこそ、そばにいたい」
「渚くん……」
「だから、そんな切なそうな顔しないで。甘えてよ、もっ
とたくさん!」
　そして、ギュウウッときつく抱きしめてくれる渚くんの
胸に、あたしは顔を押しつけて甘えた。
「ありがとう、渚くん」
「お、いい笑顔!」
　渚くんは笑ったあたしを見て、まぶしそうに、それでい
てうれしそうに見つめてくる。
　渚くんが紡ぐ言葉のひとつひとつは、まるで魔法のよう
にあたしの不安を消し去るから不思議だ。
　渚くんの優しさに、あたしは守られてるんだなぁって何
度も思った。

だから、こんなに幸せで……それと同時に少し怖くなる。

　どうか、もうなにごとも起きませんように。

　渚くんとずっと、こうして笑い合っていたい。

「穂叶ちゃん、そろそろ行こう」

「うん！」

　そう言って歩きだそうとした瞬間、誰かに見られている
ような視線を感じた。

　ふと、足を止めて周りを見まわす。

　あれ、気のせい……？

　そういえば、前にもこんなことがあったっけ。

　なんだか、気持ち悪いな……。

「穂叶ちゃん、どうかした？」

　立ちどまったあたしを心配してか、半歩先を歩く渚くん
があたしを振り返った。

　気のせいかもしれないし、話すほどのことじゃないよね。

「ううん、なんでもな……むうっ！」

「穂叶ちゃん」

　心配かけまいと笑みを返そうとするあたしの頬を、渚く
んがムニュッと両手で包むようにはさむ。

「不安そうな顔して、なんでもないわけないでしょ。俺、
穂叶ちゃんのことはいつも見てるから、隠してもムダだよ」

　怒ったような顔をする渚くんに、あたしは目を見張る。

　渚くんは、本当にすごい。

　あたし、あんまり表情がある方ではないのに、渚くんは
すぐにあたしの異変に気づく。

涙のむこうで、君と永遠の恋をする。 >> 191

「なにがあったの？」

「うん、気のせいかもしれないんだけど……」

　あたしは、誰かに見られているような気がしたことを伝えた。

　今回だけじゃなくて、最近よくあるんだ。

　前は電柱のところにヘンな男の人が立ってたこともあったし。

　気のせいならいいんだけど……。

「最近、ヘンなヤツ多いからな……。それに、前もそんなことあったって言ってたよね。俺、絶対毎日送るから、ひとりで帰ったりしたらダメだよ？」

「うん、ありがとう渚くん」

　心配そうな顔でそう諭されると、なんだか自分が小さな子供に戻ったみたいだ。

　本気であたしを心配してくれる渚くんの気持ちが、心からうれしかった。

　──カラカラカラカラ。

「由子さん、こんにちは」

「こんにちは！」

　お母さんの病室に着いたあたしと渚くんは、いつものようにベッドに座るお母さんの方へと歩いていく。

　今日は渚くんがお母さんのために買ってくれたクッキーもあるし、喜んでくれるよね、きっと。

　お母さんの笑顔を期待して、目の前まで歩みを進めると……。

「…………」

　いつもなら笑顔で「あなたたち誰？」と聞いてくるお母さんは、なにも言わずにうつむいていた。

「由子さん、どうし……」

　あたしが、お母さんの顔をのぞきこんだ瞬間……。

「……あなたさえっ!!」

「ううっ!!」

　お母さんはいきなりあたしの首をつかみ、勢いよく体重をかけてきた。

　──バタッ!!

　その勢いで、床にたたきつけられるようにあたしとお母さんは倒れてしまう。

「穂叶ちゃん!!」

　渚くんがあわててあたしに駆けよってくるのが見えた。

　だけど、あたしは抵抗するより先に頭が混乱して、動けなかった。

　どうして？

　お母さん、あたしの首を絞めてる……。

　まさか、なにか思い出した？

　あのときのこと……お母さんは、あたしと同じPTSDを患（わずら）っている。

　フラッシュバック……？

　それとも、本当にあたしのことが憎（にく）くて……？

　頭が混乱して、抵抗するのを忘れる。

「由子さん！　やめてください!!」

涙のむこうで、君と永遠の恋をする。 >> 193

「離してーっ!!　この子さえいなければ!!」

　あたしの首を絞めるお母さんの手を、渚くんが無理やり引き離した。

「ゲホッ、ゴホッ……」

　急に空気が入ってきて、あたしは咳きこむ。

　そして、ゆっくり起きあがると、心底恨んでいるようなお母さんの目が、あたしに向けられていた。

　その射るような目から目線をそらせずに、首を押さえたまま呆然と座りこむ。

「あんたさえいなければっ……お父さんが帰ってくるのよ……ううっ……」

「っ!!」

　——ズキンッ!!

　心臓がえぐられるように痛んだ。

　渚くんに押さえられているお母さんは、髪を振りみだし、身を乗り出すようにあたしをにらみつけている。

　どうして……っ!?

　昨日までは普通だったのに!!

「おか……っ!」

　すがるように伸ばした手を、あたしは力なくおろす。

　あたしはまだ、お母さんに許してほしい、あたしを見てほしいって思っている。

　だから、こんな風に傲慢に、お母さんにすがろうとして……。

『男の子ができたら、お父さん帰ってくるって言ったのよ!!

だから、しょうがないのよ？』

『あんたが……悪いのよ？　あんたじゃなくて、男の子が生まれれば、幸せになれたのに!!』

　過去に、お母さんがあたしの首を絞めて言った言葉が頭の中でグルグルと回っていた。

　怒りよりも苦しみよりも、悲しみの方が大きくて、あたしはなにもできなかったことを思い出す。

「あたし……どうしたらよかったのかなっ……」

　お母さんのために、なにをしてあげたらいいのか、何度も自分に問いかけた。

　だけど、その答えは今も見つからない。

『なんでよっ……なんでっ、抵抗しないのよ!!』

　泣きさけぶお母さんは、あたしを傷つけるたびに、あたし以上に傷ついた顔をしていた。

　そして今も、怖い顔をしながら、傷ついた顔をしているんだ。

　……あの日と同じように。

「どうしたら……お母さん、苦しまなくて済むっ……？」

　ポタリと涙が頬を伝って、床に落ちる。

『殺しても……いいよ……』

　あのとき、お母さんに言ったあたしの本心。

　お母さんも苦しんでるって知っているからこそ、もうお母さんが楽になれるならそれでいいと思って言った言葉。

　でも、それがきっかけだったのか、それ以来、お母さんはすべてをあきらめたような瞳になって、心を失ってし

涙のむこうで、君と永遠の恋をする。 ≫ 195

まった。
「あんたがっ……消えればいいのよ!!」
「っ!!」
　お母さんの言葉に、あたしは頭を鈍器で殴られたような
衝撃に襲われる。
　消えれば……あたしが、消えれば……。
　そうしたら、お母さん……もう苦しまなくて済む……。
「あたしっ……」
　そう思った瞬間、世界が閉じていく。
　まっ暗になって、なにも感じない。
　なにも見えない。
「篠崎さん!　どうしました!?」
「すぐに鎮静剤を!!」
　遠くに、看護師さんのあわてたような声が聞こえた。
「離してー!!　アイツを殺してー!!」
　泣きさけぶお母さんの声……。
　お母さんが、あたしを殺してって……。
　もう……もう嫌だよ……。
　あたし、自分だけ幸せになろうとして、こんなにお母さ
んを傷つけて、不幸にしていることから目をそらそうとし
ていた。
「あたし……死ななきゃ……」
　死ななきゃいけなかったんだ。
「穂叶ちゃん……?」
　──キィィ──ッ。

まるで夢の中にいるかのような、ぼんやりとした頭と、
ひどい耳鳴り。
　　誰かが近くにいることはわかるのに、あたしの視界には
なにも入らない。
　　まっ暗なのだ。
　　ただ、"死ななきゃいけない"という考えだけがあたし
を支配する。
「しっかりして、穂叶ちゃん!!」
「離してっ!!」
　　肩をつかまれたとたん、あたしはそれを振りはらおうと、
声をかけてきた誰かを突き飛ばした。
「死ななきゃっ!!　あたしっ!!」
「なに言って……落ちついて!!」
　　その誰かはあたしを強く抱きしめ、暴れないように押さ
えこむ。
「離してっ……あたし、死ななきゃっ!!」
「穂叶ちゃん、お願い!!　俺を見て!!」
　　あたしは、両頬をつかまれる。
「俺の声、聞いて!!」
「こ……え……」
　　声……?
　　さっきから聞こえる声は、誰のだっけ。
　　ずっと前から知ってる……。
「な……ぎ……さく……ん……」
　　……渚くん。

あぁ、そうだ、渚くんの声だ。

それがわかったとたん、パアァァッと視界が一気に晴れた気がした。

「よかった、やっと目が合った……」

渚くんの、ホッとしたような顔が目の前にある。

渚くん……渚くんだ。

「うう……渚くんっ!!」

あたしは渚くんの顔を見たとたん、ホッとしてブワッと泣きだしてしまった。

「……大丈夫、ちゃんとここにいるから」

「うんっ……」

渚くんはそう言って強く抱きしめてくれた。

＊　＊　＊

あたしは、いつの間にか病室の外の廊下に座りこんでいた。

あれ？

あたし、さっきまで渚くんの腕の中にいたはずなのに、どうしてこんなところにいるんだろう？

どうやって移動したのかもわからない。

「穂叶ちゃん、突然立ちあがって、どこかへ行こうとしてたんだ」

困惑していると、渚くんがそう説明してくれた。

「渚くん、ずっとそばにいてくれたの？」

「うん。っていっても、傷ついてる穂叶ちゃんに、なにも
してあげられなかったんだけどね」
「そんなこと……」
　そうだ、あのとき、お母さんに首を絞められて……。
　あたし、消えなきゃって思って……。
　そしたら、なにも考えられなくなって……。
「ううっ、あたしっ……もう、もう……どうしていいか、
わからないよぉ……っ」
「っ……うん、うん……辛かったね」
　渚くんは強くあたしを抱きしめて、背中をポンポンと規
則正しくなでてくれる。
「消えてって……言ってた……」
「お母さん、あのときは混乱してただけで……」
「ちがう……きっと、あれが本心だよっ!!」
　あたしは渚くんに抱きしめられながら、泣きさけんだ。
　お母さんがあたしを必要としていないことなんて、わ
かっていたはずなのに……。
「あたしが欲しかった子供じゃないのは事実だっ、お母さ
んは優しいから言葉では言わなかったけど、ずっとそう
思ってたんだよ!!」
　だけど、あたしが認めたくなかったんだ。
　嫌われてるとか、望まれない存在とか……。
　そうしないと、自分が生きていてもいいのか、わからな
くなりそうだったから。
　だけど本当は……全部本当のことだってわかってる。

「……でもねっ、嫌われてもいい、どんな形でもいいからっ、本当は……そばにいたかったっ」

「っ……穂叶ちゃん……」

あたし、もうお母さんのそばにいられない。

あたしがいること自体が、お母さんの苦しみなんだ。

「もう本当に……必要なくなっちゃったんだ、あたしっ……」

もう、他に誰があたしを必要としてくれるっていうんだろう。

いっそ、今すぐ消えてしまいたいっ。

心が悲鳴をあげて、壊れてしまいそうだった。

「っ……」

そんなあたしを見つめて、渚くんは苦しげに顔を歪める。

まるで、あたしより渚くんの方が傷ついているように見えた。

「俺は……穂叶ちゃんが必要のない子供だなんて、思えない」

「うちと、渚くんの家はちがう!! だからそんなことが言えるの!! わからないよっ……渚くんには!!」

あたしは、渚くんの胸をたたき、うなだれる。

こんなの八つ当たりだ。

……もう、どんどん嫌な子になっていく……。

でも、どこに気持ちをぶつけたらいいのか……わからないよ。

もう嫌だ、誰かお願い……助けてっ!!

「子供に名前をつけるのは、親が子供にあげる最初の愛情

だって、うちの母さんが言ってたんだ」

「え……？」

　渚くんの言葉に、あたしは涙でぐちゃぐちゃの顔をあげる。

　すると、渚くんの優しい笑顔がそこにはあった。

　どうして、ひどいことを言ったあたしに、そんな顔を向けてくれるの？

「穂叶って名前。それはお母さんの、穂叶ちゃんへの愛情があったからだって思う」

「そんなもの……あるわけ……」

　でも、本当にそうだったかな。

　お母さんは、お父さんといる頃は、よくあたしを抱きしめてくれた。

『穂叶、あなたは私の宝物よ』

　それが、口グセだったのも覚えている。

　だけど、それもお父さんがいたときの過去の話。

　人の気持ちなんてすぐ変わるし、不確かだ。

「だとしても……今は、誰もあたしを必要となんかしてないっ……」

　この世界にはいらない。

　誰も、もうあたしを好きだと言ってくれる人はいないんだ。

　家族なんて、こんなに脆い。

「……俺には、穂叶ちゃんが必要だよ!!」

「え……？」

涙のむこうで、君と永遠の恋をする。 ≫ 201

　渚くんはあたしの頬に、首筋に触れて、切実な目であた
しを見つめる。
　その瞳はわずかに潤んでいて、あたしは目を見開いた。
　なんで……なんで、渚くんが泣きそうなの？
「穂叶ちゃんは、俺の好きな人で、かけがえのない大切な
人なんだよ？」
「あたしが……大切な……人だなんて……そんなの、もう
わからないよっ……」
　なにを信じればいいの？
　大切、好き、必要……。
　言葉だけでは、実感できない。
　信じればまた裏切られて……まるで大事なものほど、こ
の手からこぼれ落ちていくから。
「どうしたら、穂叶ちゃんに伝わるのかなっ……」
　渚くんは、あたしを自分の胸に抱きしめた。
　そのせいで、渚くんの顔が見えない。
　だけど、渚くんの体が、声が震えているのがわかった。
「言葉にしなくても、こうして触れてるだけで、俺の気持
ちが穂叶ちゃんに伝わればいいのにっ……」
　渚くんは、きっと泣いている。
　あたしを想って、泣いてくれているんだ。
　なのに……あたしは渚くんに返す言葉を見つけられな
い。
「っ……」
　だからあたしは、すがるように渚くんの服をつかんで泣

いた。

　あたしの気持ちも、こうして触れているだけで渚くんに伝わればいいのに……。

　あたしにもわからない自分の気持ちを、渚くんならきっと、あたし以上に理解してくれるだろうから……。

忍びよる影

【穂叶side】

だいぶ涼しくなって、過ごしやすい晴れた日。

天気にも恵まれた今日は文化祭の日だ。

あたしは座敷わらしをやることになり、渡された衣装の着物に袖を通した。

渚くんは、相変わらず毎日あたしの送り迎えをしてくれている。

『あんたがっ……消えればいいのよ!!』

お母さんにそう言われて突き放されたあの日から、病院へは行けていない。

そばにいたくても、また拒絶されたらって、怖くなるから。

それに、渚くんとの距離感も少し変わった。

前のように、会話や笑顔がつきない帰り道とはちがう。

お互いにどうやって歩みよればいいのかわからず、ぎこちなくなっていた。

「穂叶、渚となんかあった?」

更衣室で着替えていると、隣で白装束に身を包む梨子が声をかけてきた。

「あ……わかる、かな……」

学校では、いつもどおりのあたしたちでいるはずだった。

だけど、やっぱりぎこちない空気はごまかせないみたい。

「あたしが悪いんだ……」

　あたしが、歩みよろうとしてくれる渚くんを拒絶してしまったから。

　自分でもよくわからないけど、ちょっとしたことであたしは自分以外の誰かを信じられなくなってしまう。

　信じたいのに、どうしてって気持ちがあたしを責めるんだ。

　負のループにはまったみたいに、それが苦しくて辛い。

「穂叶、また病気が……」

「あたしというより、お母さんがね」

　梨子は手を止めて、あたしの話を聞いてくれる。

　あたしはそれに甘えてポツリポツリと話しだした。

「消えてって……言われちゃった」

「えっ……」

　あたしの言葉に、梨子が目を見張ったのがわかる。

　あたしは、自嘲するように笑った。

「お母さん、今まで落ちついてたのに、どうして？」

「わからない……いろいろ思い出しちゃったのかも。望んでいた息子じゃなくて娘が生まれて、あたしのせいでお父さんが出ていったんだって」

　お母さんの心の奥底にくすぶっていた本心。

　ならいっそ、忘れていてくれたらよかった。

　そうすれば、お母さんもあたしも、このまま平穏に過ごせたのに……。

「今までも穂叶とは会ってたのに、ある日突然フラッシュ

バックしたりするものなの？」

「わからない……。なにか、思い出すようななにかを、あたしがしちゃったのかもしれない……」

　なにがいけなかったんだろう。

　考えても考えても、わからないことばっかりだ。

「穂叶……あんまり、自分を責めないで……」

　梨子はあたしを抱きしめて、そっと背中をさすってくれる。

　あたしは自分を責めることでしか、自分を保つ方法を知らない。

　そのときだけは……自分を罰している間だけは、なぜか心が楽になるような気がするんだ。

「渚くんのことも、あたし傷つけてる……。好きなのに、大切にする方法がわからないよ……」

　守るって、大切にするって、どうやったらいいの？

　大切したいと思うほど、あたしは誰かを傷つけている。

「渚は、穂叶になにかしてほしくて、そばにいるわけじゃないんじゃないの？」

「え……？」

　なら、あたしはなんのために渚くんのそばにいるんだろう。

　あたしは、いっつも渚くんに助けられて、すがって、泣いてばかり。

「見返りがなくたってそばにいたい……とか、そばにいるだけで安心したり、癒やされたり……。渚は、それだけで

幸せなんだと思うけど?」

「そばにいるだけで……」

　本当に、そうなのかな。

　渚くんは……本当に優しすぎる。

　だから、あたしが苦しいとき、傷ついてるときに、一緒
になって泣いてくれた。

　でも、それが渚くんの負担になってしまっているような
気がして……怖いんだ。

「そろそろ、お化け役の人集まって!　段取りとか、文化
祭委員が説明するみたいだよー!」

　あたしたちが教室にいないからか、クラスの女の子が更
衣室まで呼びにきてくれた。

「はいはーい、今行く!」

　梨子が返事をして、バタンッとロッカーの扉を閉める。

　もう、教室に戻らなきゃ……。

　毎日、渚くんと顔を合わせるのが気まずいな。

　隣の席だから、会わないのは無理だし。

　みんなにも、気を遣わせないようにしなきゃ……。

　琢磨くんと優真くんは、個性的なキャラクターを買われ
て、客引き係に引きぬかれてしまった。

　みんなで一緒に楽しめると思ってた文化祭……。

　渚くんとのこともあるし、本当に楽しめるのかなぁ。

「穂叶、行こう?」

　梨子が、不安でいっぱいのあたしの手を引いてくれる。

　それに勇気をもらって、あたしはうなずいてみせた。

涙のむこうで、君と永遠の恋をする。 >> 207

　教室へ戻って簡単なオリエンテーションをしたあと、早速アドベンチャー形式のお化け屋敷がスタートした。

　教室は窓に段ボールを貼りつけ、外からいっさい光が入らないようにしているために、まっ暗だ。

　小道具もみんなで手分けして作り、うまい感じに墓地ができあがっている。

　お客さんは、和紙で手作りした、中に懐中電灯を仕込んだ提灯の明かりだけを頼りに進むことになっていて、なかなか凝った作りだ。

　お化け役のあたしは、お客さんになぞなぞを問いかけるチェックポイントで待機している。

「ここにひとりでいるのも怖いな……」

　あたしはわずかな明かりに照らされ、お客さんが来るのを待った。

　結局、渚くんとはぎこちないままだし……。

　先ほど、お化け屋敷が始まる前に教室でした、渚くんとの会話を思い出す。

『あっ、ほ、穂叶ちゃん!!』

『え、えっ……？』

　渚くんから突然声をかけられたことにびっくりして、声が裏返りそうになった。

　渚くんがあたしに声をかけてくれるのは、いつものことなのに……。

　なのに、どう接していいかわからないせいか、緊張して

しまった。

『……えーと、文化祭、絶対成功させような！』

　すると、渚くんは視線をさまよわせてそう言った。

　せっかく渚くんから話しかけてくれたんだから、なにか言わなきゃ……。

　そう思った矢先。

『ねぇ渚くん、これ手伝ってほしいんだけどー！』

『あ、わかった、今行く！』

　渚くんは、高い場所の飾りつけを女子に頼まれてしまった。

『じゃ、じゃあ……』

『あっ……』

　渚くん、行かないでっ……。

　そう思ったらつい、声が出てしまった。

　それに気づいた渚くんが立ちどまってあたしを振り返る。

『穂叶ちゃん？』

『あっ……』

　気づいてくれた……。

　そう、どんなときも渚くんだけはあたしを見ていてくれる。

　なのに……。

『ううん、なんでもない。えっと……行ってらっしゃい』

　そう言うのが精いっぱいだった。

　そして、渚くんはあたしを気にしながらも、飾りつけの

手伝いにいってしまったのだ。

　どうして、こんなことになっちゃったんだろう。

　今まで、どんな風に話してたんだっけ。

「キャーッ!!」

「やだ、耳もとで叫ばないでよー!!」

　そんなことを考えていると、お客さんが入ってきたのか、女の子たちの悲鳴が聞こえてきた。

「あ、あそこ、誰か立ってる！」

　すると、女の子たちがあたしのところまでやってきた。

　そして、おそるおそる近づいてくる。

　えーと、ここでなんて言うんだっけ。

　あたしは、こっそり手もとのカンペを見た。

「乗っても、歩かなきゃいけない馬ってなんだ？」

　これ、お化け屋敷でする質問とは思えないけど……。

　あたしは苦笑いを浮かべる。

　ここが暗くてよかった。

　どんな顔をしていてもわからないもんね。

「えっと……」

「いや、これは竹馬でしょ」

　悩む女の子に、もうひとりの女の子が即答する。

　うん、あたしもこれは簡単すぎるような気がする。

「ここをまっすぐに進んでね」

　あたしは道を指さす。

　すると、ふたりはペコリと頭をさげて先に進んでいった。

　あたし、ただの親切な人になってる気が……。

お化けの役を果たせているのか不安だな……。

手もとのカンペのクイズ集を見る。

"落ちろ、落ちろと言っている豆はどんな豆？"

……落花生だよね。

自分で解いて、答え合わせをしていると、カツンッと近くで物音がした。

「……え？」

あたしはカンペから目を離して、顔をあげる。

すると、あたしの数歩先に男の人が立っているのが見えた。

あれ、お客さんかな……？

でも、その人はなぜか提灯を持っておらず、顔がよく見えない。

「提灯、渡し忘れですか？　ごめんなさい、もしよければ、ここにも予備が……」

そう声をかけたのに、男の人はなにも言わず、無言でこちらに歩みよってくる。

え、なに……？

あたしはその異様さに、1歩後ずさった。

「ずっと探してたよ、穂叶ちゃん」

「え……？」

ゾクゾクッ。

その声に、話し方に、体の芯から震えが走る。

この声……この声、まさか!!

でも、そんなはずない。

あの男が、こんなところにいるわけない……。
「あなた、誰……」
　なら、この人は……誰？
　ついに目の前まで来た男は、フードを深くかぶっていた。
　あ……いつか、電柱のところに立っていたあの男だ。
「忘れるなって言ったはずなのに」
　そう言いながらフードを脱いだ男の顔を見て、驚愕する。
　ボサボサの髪に、三日月のように細くつりあがった目。
『忘れるなよ、お前なんていつでも殺せる』
　忘れもしない。
　そう言って、あたしとお母さんに恐怖を残した男。
　あたしと、お母さん……家族を壊した、藤枝孝!!
「なっ……んで……っ」
　──ドクンッドクンッ、ドクンッドクンッ!!
　心臓がありえないほど拍動し、胸が苦しくなる。
「はぁっ、はぁっ……ううっ……」
　あたしは酸素を求めるように首もとを押さえて、地面に
しゃがみこんだ。
「なんで？　そんなの、お前たちだけ幸せになるなんて、
許されないからだよ」
　笑みを浮かべながら、藤枝孝は楽しそうにあたしを見お
ろした。
「っうぅ……はっ、はぁっ」
　気持ち悪い、吐き気がする。
　殺される、殺される、殺される!!

ガタガタと震える体。

キィィィンという耳鳴りとともに、激しい目まいが襲う。

逃げなきゃ……逃げなきゃっ!!

「うっ……はぁぁっ……はぁっ」

あたしは朦朧としながら立ちあがった。

いつの間にかにじんでいた涙が、視界を歪める。

「お前は、逃げられない」

ゆらゆらと歩きだそうとするあたしの腕を、藤枝孝がつかんだ。

その瞬間……。

『早く首絞めろ!!　できないなら俺がやるから、来い!!』

縄跳びであたしの首を絞める藤枝孝の姿がフラッシュバックする。

「い、いやぁぁ──っ!!　離してっ!!」

あたしは泣きさけんで、藤枝孝の手を強く振りはらった。

そして、振り返らずに全速力で走りだす。

出口っ、出口はどこ!?

早く……早く、逃げなきゃっ!!

まっ暗闇の中を突き進み、教室の出口に着いたところで、やっと光が見えた。

「うっ……はぁっ、はぁっ!!」

──バンッ!!

「うお!?　……って、穂叶ちゃん!?」

教室の外へ出た瞬間、入り口で客引きをしていた琢磨くんと優真くんにぶつかった。

涙のむこうで、君と永遠の恋をする。　**》213**

　琢磨くんが驚いたように、飛び出てきたあたしを受けとめてくれる。
「どうしてここに？　もう交代だっけ？」
　優真くんがあたしの肩に手を置いた。
「っ!!」
　その瞬間、パシンッ!!と強く振りはらってしまった。
「あっ……」
　その行動に、優真くんと琢磨くんは驚いたようにあたしを見つめる。
「ごめんなさいっ……ごめんなさいっ」
　あたし、あたし、どうして優真くんのこと……。
　もう、誰も彼もが怖い!!
　ここは人が多すぎて、そのすべてが自分を殺そうとしている人たちに思えて、震えが止まらない。
「穂叶ちゃん、なにがあっ……」
「ごめんね、今は抜けさせてっ……」
　あたしはそう言って、優真くんの言葉をさえぎり、その場から逃げだす。
「優真、渚を呼んだ方がいい。穂叶ちゃん、ちょっと様子おかしかっただろ!?」
「うん、僕、声かけてくる」
　琢磨くんと優真くんが話しているのが背中ごしに聞こえたけど、あたしは止まることができなかった。
　人ごみをかきわけて、あの男から逃げるように、人の少ない場所を探す。

「はぁっ、はぁっ……」

　そして、ひたすらに階段をのぼった。

　誰もいないであろう屋上前の踊り場にたどり着くと、へなへなと座りこむ。

「どうしてっ……どうしてっ!!」

　あたしは膝を抱えて、しゃがみこんだ。

　そして、ギュッと目をつぶる。

「薬っ……薬はっ……」

　そうだ、ロッカーにあるんだった。

　なにも考えずに出てきちゃった。

　また、あそこに戻らなきゃいけないなんてっ……。

　絶望的な状況に動くことができずにいると、カツンッ、カツンッとあの靴音が鳴った。

「っ!?」

　やだ、やだっ……。

　この音、あの男の足音だ!!

　どうして、どうしてここがわかったの!?

　なんで、あたしたちを苦しめ続けるの!!

「ほーのかちゃん、見いつけた……ククッ」

「あっ……ぁっ……」

　もう、言葉にすらならない。

　ただただ怖くて、あたしはまばたきもせずに、笑みを浮かべながら近づいてくる藤枝孝を見る。

「この間、由子に会いにいったんだ」

「……えっ……？」

涙のむこうで、君と永遠の恋をする。 ≫ 215

　お母さんに会いにいった？

　嘘でしょ、どうして……。

　藤枝孝のことは病院にも伝えてあるのにっ。

　そういえば、面会に行ったときに、丸イスが置いてあったことがあった。

　まさか、あのときに……？

「由子、まだ俺を前の旦那だと思ってるよ」

　じゃあ、あたしがお母さんに「誰が来たの？」って聞いたとき、お父さんだって言ったのは、いつもの幻覚じゃなくて、まさかこの男だった？

　それに、お母さんが急におかしくなったあの日も、もしかして……。

「そういえば、一緒に暮らしてたときも、いつの間にか俺を旦那だと思いこんでたな。だから、言ってやったんだ。子供が娘じゃなければ、別れなかったのにってさ！」

「なに……を……言ってるの？」

「病院で由子に会ったとき、思い出させてやったんだよ」

　じゃあ、この間病院でお母さんがおかしくなったのは、やっぱりこの男のせいってことだ。

　どうして、そこまでするの……？

　頭が混乱して、意識が朦朧としてくる。

　もう、考えることをやめてしまいたい。

　──カツンッ、カツンッ。

　そして、ついに藤枝孝が目の前に立った。

「せっかく……お母さん、笑えるようになったのに……。

またあたしとお母さんがこうなったのは、あなたのせいだったの……？」

　あたしは力なく、男を見あげる。

「そうだよ」

　すべて、この男が作った状況だった……？

　そのせいで、あたしたちは思い合っていたのに、絆を壊された。

　身も心もボロボロにされて、まだ……まだ、あたしたちを苦しめるの？

「どうしてよ……どうして、苦しめるのっ……？」

　なにか、あたしたちが悪いことをしたっていうの？

　ボロボロと涙を流して男を見あげる。

　そんなあたしの顔を見て、藤枝孝はうれしそうに狂喜的な笑みを浮かべた。

「苦しめる？　俺はね、お前たちを教育してるんだよ。逆らわないように、ちゃんと言うことを聞けるようにね」

「なに……言ってるの……。こんな、こんなのが教育？あなたなんか、家族でもなんでもないのにっ!!」

　あたしは、男をキッとにらみつけた。

　こんな男のせいで、大事なモノをたくさん奪われた。

　どれだけあたしたちが苦しめられてきたか、この男はなにもわかってない!!

「しゃべり方に気をつけろ!!」

　グイッ!!

「ううっ……」

涙のむこうで、君と永遠の恋をする。 》 217

　胸ぐらをつかまれ、そのまま持ちあげられた。

　首が衣服で絞まり、息ができなくなる。

「少し離れていた間に、生意気になったな。安心しろ、こ
れからお前たちを教育しなおすからな」

「ふうっ、ううっ……あぁっ……」

「俺たちは家族だ。家族はずっと一緒にいないとな」

「ううっ……」

　苦しい……誰か、助けてっ。

　目に涙がにじんで、収まりきらなくなると、頬を伝って
落ちていった。

　家族だというのなら、どうしてこんなことをするの？

　血が繋がらなくても、ただお互いを思い合って生きてい
ければ、こんなことにはならなかったはずなのに……。

「お前も、俺を父親として愛さないとダメだろう？」

「誰っ……がっ……」

　誰が、あなたを父親だなんて思えるの？

　こんな風に、苦しめることしか、傷つけることしか教え
てくれなかったくせに。

「どこへ逃げても必ず見つけだす。俺から勝手に離れる権
利なんて、お前たちにはないんだから」

　藤枝孝は、あたしを階段のところまで引きずる。

　あと半歩でもさがれば、階段の下へまっさかさまだ。

「なにっ……す……る……」

「まずは、お前からだ……穂叶ちゃん。やっと、お前の怯
える顔が見られるよ。この顔がずっと見たかった」

そう言って、つかまれていた胸ぐらがパッと離される。

そして、まるでスローモーションのようにゆっくりと、うしろへ体が傾いた。

「あっ……」

嫌っ、落ちる!!

怖いよ、誰か助けて……渚くん!!

体が、地面に吸いこまれるように落ちていく。

藤枝孝は、落ちていくあたしを見て笑っていた。

そこから視線を外せないまま、バンッ!!という大きな音とともに、あたしは意識を失った。

……そうだ。

あたしはいつも、鍵のない檻の中にいた。

なのに、あたしは……今が楽しくて、大好きな人もできて、外へ出たいと思うようになった。

『忘れるなよ、お前なんていつでも殺せる』

そう、この檻の外は、この檻の中よりも恐ろしいってわかっていたのに……。

一瞬の自由と引きかえに、身も心もボロボロになるまで傷つけられるって、わかってたのにっ……。

自由なんて知らなくていい、心なんてない方がいいに決まっている。

生きるためだけに息をして、生きるためだけに心を殺す。

なにも見ず、なにも聞かず、ただ生きるために自分の周りに檻を築いて、閉じこもっていればよかったの。

涙のむこうで、君と永遠の恋をする。 　>> 219

　だから、お母さんも心を閉ざして、すべてを忘れようと
していたのに……。

　なのにっ……。

　どうして、幸せになりたいなんて……思っちゃったのか
なぁ……。

　あの男から逃げることなんて……できるわけないのに。

「穂叶ちゃん、穂叶ちゃんっ……」

　あぁ、あたしを呼ぶ誰かの声が聞こえる。

　それに、手が温かい気がする……。

　一気に浮上する意識と一緒に、重いまぶたを持ちあげた。

「あ……」

　目を開けると、まっ先に白い天井が目に入る。

「穂叶ちゃん？　目が覚めた？　ここは病院だよ、俺がわ
かる!?」

　病院……？

　あたし、病院にいるんだ……。

「穂叶ちゃん、救急車で病院に運ばれたんだ。今、杉治先
生がおばあさんに電話してくれてるよ」

　渚くんは、ずっと付き添ってくれてたのかな……。

　なんだろう、さっきから考えることを拒絶してるみたい
に、頭がぼんやりとする。

　フワリと開いた窓から吹く風が、あたしの髪を揺らした。

　窓の外は茜色に染まっていて、ずいぶんと時間がたった
んだなと考えていると……。

「穂叶ちゃん、よかった!!」

泣きそうな顔であたしを見つめる渚くんと目が合った。

　あたしの右手……温かいと思ったら、渚くんが握ってく
れていたんだ。

　そんなことを、渚くんの顔を見あげながら考える。

「声、声、聞かせてっ……」

　渚くんはあたしの手を離さずに、もう片方の手であたし
の頬をなでた。

「渚……く……ん……」

「ああ！　本当によかったっ……穂叶ちゃんが無事で!!」

　渚くんは、ベッドに横になるあたしを抱きしめる。

　そして、肩を震わせて泣いていた。

「泣いて……泣いてるの……？」

　ポタポタと頬に当たる水滴が、渚くんの涙だとわかる。

　どうして、渚くんが泣いているの……？

　あたしはボーッと渚くんを見つめることしかできずにい
た。

「階段から落ちたって聞いて、俺っ……すごく不安で、ずっ
と生きた心地がしなかったんだ」

　渚くんは、そう言ってあたしを強く強く抱きしめる。

　そうだ、あたし、階段から落ちて……ちがう。

　落ちたんじゃなくて、落とされたんだ。

　あの男に……。

「そばにいるって言ったのに、ひとりにしてごめん、ごめ
んっ……」

「ち……がう、ちがう……」

あたしは重い頭と痛む体に耐えながら、渚くんの頬に手を伸ばした。

「渚くんは……悪く……ないっ……」

「穂叶ちゃん、泣いてる……どこか、痛む？」

涙を浮かべるあたしの目もとを、渚くんが優しく拭ってくれる。

言葉にするのも嫌だけど、話さなきゃ……。

「あの男が……あの男が、来たの……」

「それって、穂叶ちゃんとお母さんを傷つけた……」

あたしはコクリとうなずく。

ガタガタッとまた体が震えはじめた。

すると、震える手を渚くんにギュッと握られる。

渚くん……。

渚くんは、あたしを安心させようとして手を握ってくれているんだ。

それに背中を押されるように、あたしは話しだす。

「それで、あたしを……っ」

頭の中に、あたしを突き落としたときの、あの男の狂喜に満ちた顔が浮かんだ。

「そいつ、穂叶ちゃんに、またなにかしたのか!?」

渚くんは不安そうな顔であたしに迫る。

あたしはそんな渚くんを見て、またポロポロと涙をこぼしてしまった。

「階段から……突き落とされた……の……」

「っ!?」

それを聞いたとたん、渚くんは目を見開き、うつむく。

　そして、ゆっくりと顔をあげた渚くんは、肩を震わせ、怒りに満ちた顔をしていた。

「警察に行く……こんなの、犯罪だ!!」

「……無理だよ、あの男は4年も捕まらなかったんだよ!?」

　警察に頼っても、助けてはもらえない。

　あの男はいつだって、あたしたちを見張ってるんだ。

「どこに逃げてもっ……あたしたちはっ……自由になれないっ!!」

　両手で顔を覆い、あたしはただ泣き続ける。

　そんなあたしを、渚くんは強く抱きしめた。

「自由になれないなんて、そんなのおかしい!!　穂叶ちゃんは自分の思うままに生きていいんだ!!」

「……もうっ……もう、疲れたよ……」

　考えることも、絶望したり、悲しんだり苦しんだりすることにも……。

　こんなに痛いんなら、感情なんてやっぱり持つんじゃなかった。

「こんな感情、いらない……いらないっ!　うぅっ……」

「穂叶ちゃ……っ!!」

　なにか言おうとした渚くんは、口をつぐんであたしをただ抱きしめる。

「もっと早く……もっと早く穂叶ちゃんのところへ行ってたら……ごめん、ごめんっ……」

　渚くんが苦しむことなんてないのに……。

もう、あたしのせいで傷つかなくていい。

　傷つかなくて、いいんだよ……。

「穂叶ちゃんの心が壊れる前に、助けにいけなかった。俺
はっ……間に合わなかったんだな……っ」

「……っ……」

　渚くんの苦しそうな声に、あたしは泣いてしまう。

　なのに、頭が考えることをやめてしまう。

　もう、なにも考えたくない。

　なにも感じなければいい。

　なにも、知りたくない。

　あたしは、すべての世界を閉ざすように、瞳を閉じてす
ぐ、また意識を失ってしまった。

大切なモノほど遠ざかる距離

【穂叶side】

「……渚くん、いつもありがとうね」

「いえ、俺がしたくてしてることですから！」

　あたしは渚くんに手を引かれ、家を出る。

　おばあちゃんが、渚くんに頭をさげていた。

「穂叶のこと、どうかよろしくおねがいします」

　そう、今は登校前。

　心も体も疲れはててしまったあたしは、数日学校を休み、今日からようやく復帰する。

　渚くんはこうして、今までどおりあたしの送り迎えをしてくれていた。

　おばあちゃんには、学校であったことを渚くんから話してもらった。

　警察にはおばあちゃんが通報したみたいだけど、藤枝孝はいまだに捕まっていない。

　検査の結果、頭に異常もなかったから、その日のうちに退院はできた。

　迎えにきてくれたおばあちゃんと一緒にうちに帰ってきたけど……あたしはあの日から、話すことも食べることも、寝ることもまともにできていない。

　病院に行ったら、先生からは薬の量を増やすように言われたほどだ。

「穂叶、それ、カバンに入れておきなさい？」

　おばあちゃんは、あたしの手を見て注意する。

　あたしの手にあるのは、タブレットケース。

　今では、この薬を手に持っていないと、不安でパニックを起こしそうになる。

　だから、これはお守りのようなモノになっていた。

「テスト勉強、進んでる？」

　歩きだしてしばらくすると、渚くんが聞いてきた。

　今日は放課後、10月にある中間テストに向けて、勉強をしてから帰ろうということになっていて、みんなとファミレスへ行く予定だ。

　早めに始めるのは、もちろん双子の赤点対策のためで、部活が休みの日はみんなで集まることになった。

「…………」

　あたしは表情を変えずに、フルフルと首を横に振る。

　渚くんはあれから、あたしをいろんなところへ連れ出そうとしてくれていた。

　ひとりにならないように、気晴らしができるように。

　だけど、あたしはなにを見ても、大好きな渚くんのそばにいるのに、心が弾んだり、うれしいという感情が湧かなくなってしまっていた。

「英語、俺にも教えて？　穂叶ちゃんの教え方、すっごくわかりやすいんだ」

「…………」

渚くん、たくさんあたしに話しかけてくれる。

　なのに、あたしは言葉を返すことができない。

　そんな気力もなくなっていて、渚くんに申しわけない気持ちでいっぱいだった。

　渚くんと歩いていると、いつかあの男が立っていた電柱が見えてきた。

　――ドクンッ。

「っ……ううっ……」

「穂叶ちゃん!!」

　胸を押さえてしゃがみこむあたしを、渚くんはとっさに支えてくれた。

「苦しいの？　穂叶ちゃん！」

「はぁっ、はぁっ……」

　呼吸が、苦しいっ……。

　涙が目ににじみ、あたしはタブレットケースの蓋を開けようとする。

　――カランカランッ。

　焦れば焦るほど、蓋を開けられず、手からタブレットケースがこぼれ落ちた。

　それに手を伸ばそうとして、かわりに渚くんが拾う。

「セルシン、だっけ、水は……俺の飲みかけのがあるから」

　渚くんは、迷わずあたしに過呼吸の薬を渡し、飲みかけのミネラルウォーターの蓋を開けて手渡してくれた。

「はぁっ、はぁっ……ゴクンッ」

　それを受け取って、すぐに薬を飲む。

涙のむこうで、君と永遠の恋をする。 　227

　そして、息をゆっくりと整えた。

　渚くんは、そんなあたしの背中を優しくさすってくれる。

「はぁっ……ふぅ……」

「落ちついてきた、もう苦しくない？」

　渚くんは、心配そうにあたしの顔をのぞきこんだ。

　それに、あたしは静かにうなずく。

　それにしても……どうして渚くんは、あたしが飲みたい薬がわかったんだろう。

　名前まで、覚えてた……。

　不思議に思って渚くんの顔を見つめていると、渚くんはすぐにそれに気づいた。

「俺にできること、探してるんだ。今回は、それが役に立ったみたいでよかった」

　そう言ってニカッと笑う渚くんに、あたしは目を奪われる。

　渚くんは、本当に優しすぎる。

　だからこそ、心を開いてしまいそうで怖い。

　渚くんは、すぐにあたしの心の中をのぞく。

　あたし以上に、あたしの変化に気づく。

　怖い……渚くん、あたしはこれ以上……。

　渚くんの優しさを知りたくないよ……。

　心を取りもどせば、きっとまた傷つく。

　もう絶望したり悲しんだりするのは……たくさんだから。

　なのに、この繋がれた手をあたしは離せずにいる。

自由になる気はないのに、渚くんにそばにいてほしいと、彼を縛りつける。

　あたし、すごく矛盾してるよね……。

　その日の放課後、あたしたちはファミレスで中間テストの勉強会をしていた。
「穂叶ちゃん、俺のチーズ in ハンバーグあげるぞ！」
「穂叶ちゃんは僕のストロベリープレミアムパフェを食べるんだ」
　琢磨くんと優真くんは、取り皿にハンバーグとパフェをどんどん乗せていく。
「ちょっと、あんたたち、混ざってるわよ！」
「胸焼けするだろ！　これは却下！　すみません、これさげてください」
　梨子と渚くんは、あたしの目の前に置かれた皿を、そっこう店員さんにさげさせた。
「ええー！　うまいのに！」
「ええ、うまいのに」
　琢磨くんと優真くんがみごとにハモる。
　そんな楽しいはずのやり取りさえ、今のあたしにはなにも響かず、楽しいとも感じなかった。
　みんなが、あたしのために気を遣ってくれている。
　なのに、あたしはなにも返せない……。
　一緒にいる資格、ないよね……。
　みんなも、きっとそう思ってるにちがいないよ。

涙のむこうで、君と永遠の恋をする。 >> 229

「穂叶ちゃん、これってこの答えで合ってる!?」

　あたしの目の前に座る琢磨くんが、あたしに解いた英語
の問題を見せてくる。

「っ!!」

　……合ってる。

　琢磨くん、いつの間に英語できるようになったんだろう。

　驚きで、琢磨くんの顔を見つめた。

「お？　おぉっ！　それは、合ってるって顔だな！」

「穂叶ちゃんの指導の賜物だ」

　琢磨くんと優真くんは顔を見合わせて、ハイタッチする。

　あれ、琢磨くん、あたしが合ってるって言いたかったの、
どうしてわかったんだろう……。

　首を傾げると、隣に座っていた渚くんが笑った。

「みんな、穂叶ちゃんがなにを考えてるのか、察せるくら
いには仲よしだからね」

「…………」

　あたしは、驚いて渚くんの顔を見つめる。

　どうして渚くんも、あたしの考えてることがわかるの？

　それは、もう表情を見てとか、そういうのじゃなくて。

　……なんというか、あうんの呼吸で答えをくれる。

「穂叶、消化にいいから、リゾット食べる？　ほら、新し
いのあげるから」

　学校で、どうしても食欲が湧かずにお昼ご飯を抜いてい
るところを見られたからか、カタンッと梨子があたしの前
にリゾットを置いた。

梨子……。

みんな、どうして……優しくしてくれるの。

あたし、しゃべらないし、笑わないし……みんなだって、嫌な気持ちになるはずなのに……。

何度も何度も「どうして」と心の中で問う。

そして、どんなときでも答えは「わからない」だった。

永遠の自問自答に、あたしは少し疲れていた。

「…………」

見返りのない優しさが怖い。

大切なモノが増えるたび、自由になりたい、楽しい、うれしい……そんな気持ちを、一緒に共有したいって思ってしまう。

だけど、そう思わないようにしなきゃって、そう思うのがたまらなく辛い。

それに、あたしにはあの男の影がつきまとい続けている。

どんなに時間がたっても、住む場所を変えても、あのとき、一番辛かった地獄のような日々に、今も囚われ続けているんだ。

逃げ出すことなんて、二度とできない。

壊れてしまったお母さんとの絆も、もう戻らないのだから……。

「穂叶ちゃん、テストが終わったら、一緒にどこかに行かない？」

「…………」

ファミレスからの帰り道、夕日に照らされながら、ふたりであたしの家までの道のりを歩く。

　渚くんは、相変わらずあたしの手を引いて歩いてくれる。

　その手に引かれながら、そっとあたしは渚くんの背中を見つめた。

　渚くん……。

　渚くんを、こんな風に巻きこんでいいの?

　こんなに大切にしてくれて、優しい人を縛りつけたままじゃダメだってわかってるのに……。

　でも……。

　離れるって一言が言えない。

　そばにいたい。

　渚くんが好き……。

　そう思うことは、いけないことなのかな……。

「いったい、どういうつもりですか!?　これ以上、穂叶ちゃんを傷つけないでおくれ!!」

　家の近くまで来ると、なんだか騒がしかった。

　あれ、おばあちゃん……どうして外に?

　疑問に思いながら家の前までやってくると、そこにいるのが男だとわかる。

「それは聞けないよ、穂叶ちゃんに会いにきたんだから」

「っ!!」

　聞き覚えのある声に、あたしは渚くんの手を強く引いて、立ちどまった。

「穂叶ちゃん……?」

「っ……あ……うっ……」

　唇がカタカタと震えだし、あたしは渚くんの手をすがる
ように強く握りしめる。

　どうしてあたしの家の前にいるの……？

　うしろ姿で顔は見えないけど、声だけでわかる。

　あれは、まぎれもない、藤枝孝のものだ!!

　そんなあたしの様子に、渚くんはあわてたように強く引
きよせてくれた。

「穂叶ちゃん、まさかあの男……」

「あぁ！　穂叶ちゃん、そこにいたんだ」

　渚くんの声に気づいた藤枝孝は、ゆらりとあの不気味な
笑みを浮かべて、あたしの方へと歩みよろうとする。

「大丈夫、絶対に触れさせないから」

　震えるあたしを守るかのように、渚くんはさらに強く抱
きしめてくれた。

「ふざけんなっ!!　穂叶ちゃんにそれ以上、近づくなよ！」

　渚くんは、今までに聞いたことのないような低い声で、
藤枝孝をにらみつけている。

　渚くん、あぶないよ……。

　あの男に歯向かってはダメ。

　逆らったら、なにをされるかわからない!!

　渚くんまで傷つけられたら、あたしっ……。

「渚くん……ダメッ……」

　喉がカラカラに渇いて、声がかすれる。

　あたしは渚くんの服の袖を引っぱり、泣きそうになりな

涙のむこうで、君と永遠の恋をする。 >> 233

がら引きとめた。

「穂叶ちゃん、もうこんな男に怯えなくていい。俺が、絶対に守るから」

　渚くんはあたしを安心させるように笑みを向けてくれる。

　その優しさが、今は一番不安だった。

　もしもあたしのせいで渚くんが傷つくようなことがあったら、もう……本当に自分のことを許せなくなる!!

「お前……誰だよ？　穂叶ちゃんは、俺の家族なんだ」

「穂叶ちゃんの彼氏だ」

　すると、渚くんを見る藤枝孝の目つきが変わる。

　まるで、今にも人を殺しそうなほどに鋭く、殺気だった目だ。

「お前には関係ないから、さっさといなくなれ」

「断る。あんたこそ、もう二度と穂叶ちゃんに近づくな!」

　渚くん……。

　心臓が、バクバクと緊張したように脈を打つ。

　渚くんは、かばうようにあたしをうしろへと押しのけた。

「あなたは、家族なんかじゃないわよ!」

「黙ってろ、ばばあ!!」

　——バンッ!!

「ひゃあ!!」

　おばあちゃんが、藤枝孝に突きとばされて地面へと転がる。

「おばあちゃん!!」

あたしは悲鳴に近い声で叫んで、おばあちゃんへと駆けよった。

　すると、おばあちゃんはコンクリートに体がこすれて腕にすり傷ができている。

「血も出てるっ……ごめん、ごめんねっ……おばあちゃんっ」

　あたしはおばあちゃんを抱きしめながら泣きだす。

　あたしは、いつも泣くだけ。

　なにもできずに守られてるだけ。

　あたしひとりが犠牲になれば、こんな風にみんなが傷つくことはなかったのにっ……。

「穂叶ちゃんのせいで、大切なおばあちゃんも、恋人も傷つくんだよ。これに懲りたら、俺の言うとおりに……」

「お前のせいで、穂叶ちゃんがずっと泣いてるんだ!!」

　渚くんは、藤枝孝の胸ぐらにつかみかかった。

　それを、藤枝孝はおかしそうに笑う。

「だからなんだよ？　よかったなぁ、穂叶ちゃん。お前のことを心配してくれるヤツがいて」

　胸ぐらをつかまれた藤枝孝が、あたしに視線を向けてニタリと笑う。

「渚くんに……なにもしないでっ……お願いっ!!」

　みっともなくてもいい。

　渚くんを守れるなら、この男にまた傷つけられてもいいと思った。

「お願い？　ハッ、いつからお前は、俺にお願いできる立

場になったんだよ？」

「それ以上、穂叶ちゃんにしゃべりかけるな!!」

　藤枝孝の言葉に、渚くんが怒鳴る。

「そうか……この彼氏のせいか、穂叶ちゃん？」

　そう言って、藤枝孝の視線が渚くんへと移った。

　嘘、やめて……渚くんに、なにするの……？

　やだ、やめて……。

「やめて……やめてっ!!」

「死ねよ」

　──ザシュッ!!

　銀色の光が、夕日に照らされて見えた。

　そして、ゆっくりと渚くんの体が、うしろへと倒れる。

「っ!!」

　渚くんは声にならない声をあげて、腕を押さえていた。

　ワイシャツからにじむ赤と、藤枝孝の手に握られたカッター。

　あたしはそれを交互に見つめる。

「や……だ、やっ……」

　渚くんが、カッターで切りつけられた？

　裂かれたワイシャツの下には10cmほどの傷が見える。

　どうしよう……どうしようっ。

　どうして？

　あたしのせいで……あたしのせいで……。

「あたしの、せいで……っ」

　ポタポタと涙が流れる。

あたしは地面にしゃがみこんだまま、頭を抱えた。
「い……いやあぁぁぁぁぁぁっ!!」
　悲鳴をあげて、あたしは泣きさけぶ。
　嫌、嫌、嫌、嫌、嫌っ!!
　もうたくさん、もうたくさんだ!!
「うあぁぁっー!!　ううっ、うぅーっ!!」
　なにも考えたくない!!
　どうして叫んでいるのかも、泣いているのかもわからない。
　ただ、この状況を作ったのは、あたし自身だということだけは、ハッキリとわかった。
「穂叶……ちゃ……大丈夫……」
　渚くんは腕を押さえながら、あたしのそばにやってくる。
　にじむ渚くんの血に、また涙が溢れた。
「俺は大丈夫だ!!　ただ、あんなヤツのために傷つく穂叶ちゃんを見ていられなかった俺が勝手にしたことで、だからっ……」
「あたしのせいだっ!!　あたしのっ!!」
　早く、渚くんから離れるべきだった。
　そばにいたいなんて思ったからっ……渚くんを好きになっちゃったから!!
　やっぱり、渚くんを巻きこんだっ……。
「あたしなんかが、普通になれるわけなかったのにっ!!　ううっ……」
　気持ち悪いっ……。

とてつもない吐き気が襲い、あたしは口もとを押さえる。

「穂叶ちゃん、穂叶ちゃん!!」

「ううっ……おえっ……はあっ、はあっ」

吐きたいのに吐けない。

気持ち悪さがずっと続くような感覚。

渚くんが、あたしを強く抱きしめる。

「俺からは逃げられない……わかってんだろう?」

藤枝孝は、あたしを甘やかすような優しい声でそう諭してくる。

あたしは虚ろな瞳でそれを見あげた。

「もう……や……め……」

「クソッ、警察呼ぶぞ!!」

渚くんはあたしを強く抱きこんで、藤枝孝から隠すように言った。

「警察ならもう呼んだよ、もう逃げられないからね」

おばあちゃんはいつの間に家の中に入っていたのか、玄関から出てくると、そう叫んだ。

一度家に入って、通報したみたいだ。

「クソッ、余計なことしやがって……。でも、お前たちは俺から逃げられない、ハハハッ! また、会いにくるよ、穂叶ちゃん」

そう言って、藤枝孝は笑いながら逃走する。

「…………」

あたしは力が抜けたように、その場から動けなかった。

「大丈夫かい!? ごめんね、渚くん」

おばあちゃんは、あわてて渚くんの傷を見る。

　ワイシャツをめくると、腕には血がにじんでいた。

「すぐに病院に！　穂叶ちゃん、救急車……穂叶ちゃん!!」

「…………」

　おばあちゃんの声が聞こえる。

　渚くんはケガをしている。

　あたしが早く動かなきゃいけないのにっ……。

　なのにどうしてか、体が動かない。

　頭が重くて、ぐわんぐわんと世界が回っていた。

「たいした傷じゃないです、おばあさん。それよりも、穂
叶ちゃん!!」

　ボーッと虚空を見つめて動かないあたしの肩に、渚くん
は手を置く。

　そして、体を揺らしたり、声をかけたりしてくれた。

　だけど、あたしの体はそれに相反するように動かなくな
り、意識が遠のいていった。

　──バタンッ!!

「穂叶ちゃん……?　穂叶ちゃん!!」

　すごい音がしたなと思ったら、あたしはすでにコンク
リートの上に倒れていた。

　しだいに、まっ暗になっていく世界。

　もう、二度と目が覚めなければいいのにと、そう思いな
がら、あたしは意識を手放した。

『お前のせいで、みんな傷つくんだよ』

藤枝孝はそう言って、あたしを冷たい瞳で見おろす。

そう、人間じゃない、この男は。

なにを言っても、どんなに懇願しても助けてはくれない。

……まるで、悪魔だ。

『ううう……穂叶ちゃんのせいだ』

あ……あぁっ……。

目の前には、血だらけの渚くん。

『あんたさえ生まれなければ!!』

『穂叶ちゃん、どうして……どうして、生まれてきたんだい？　お前さえいなければ、みんな幸せだったのに』

怒りくるうお母さんに、おばあちゃんまで血だらけだった。

悪夢だ……夢なら、早く覚めてっ!!

誰か……誰か……っ!!

あたしは、頭を抱えて強く目をつぶり叫ぶ。

「助けて━っ!!」

自分の声で飛びおきた。

「はぁっ、はぁっ……」

胸を押さえて周りを見まわす。

「ここ……は……」

いつの間にか病院にいるようだった。

「よかった、目が覚めたんだねぇ！」

おばあちゃんが、泣きながらあたしを抱きしめる。

あたしは放心状態のまま、おばあちゃんを見つめた。

「おばあちゃん、あたし……」

「あの男が現れて、気を失っててね……2日も眠ったままで、心配したよ」

　藤枝孝……。

　そうだ、あの男が家の前に来て、それで……。

「渚くんっ……渚くんは……!?」

　腕を、藤枝孝に切られていた。

　どうしようっ、すごいケガだったりしたらっ……。

「渚くんなら、ケガも幸い、大きなものじゃなかったって。もうじき、面会に来る頃だよ」

「そう……っ」

　よかったっ……。

　渚くんになにかあったら、あたしは自分を恨んで、きっと死んでしまうところだった。

「渚くん……昨日も来てくれたんだよ」

　おばあちゃんは、病室に飾られた忘れな草の花を指差す。

　あれ……お母さんにも渡していた花だ……。

「それに、別の病棟にいるお母さんにもね、会いにいってたみたいだね」

　あぁ、ここは……お母さんの入院している病院なんだ。

　渚くん、あんな目にあったのに……お母さんのことも気にしてくれて……。

「もう……もう、十分だよ……」

　ベッドの上から、渚くんが持ってきてくれた忘れな草の花を見つめる。

「⋯⋯おばあちゃん」

　あたしは忘れな草の花を見つめたまま、おばあちゃんを呼んだ。

「渚くんに、もうここには来ないでって伝えてほしい」

「穂叶ちゃん⋯⋯本当に、いいのかい？」

　振り返らないあたしの背中に、おばあちゃんは悲しげに声をかけてくる。

　渚くんに、これ以上、迷惑をかけたくない。

　ううん、ちがう。

　渚くんを、あたしのせいで傷つけたくない。

「⋯⋯もうっ⋯⋯あんな思いは嫌⋯⋯」

　自分が傷つけられるより、何倍も痛かった。

　あたしさえ、あたしさえ渚くんと出会っていなければ、こんなことには⋯⋯。

「⋯⋯苦しいのっ⋯⋯ふ、うぅっ」

　あたしは両手で顔を覆い、泣いた。

　離れたくないなんて、あたしのワガママのせいで、渚くんにケガをさせた。

　こんなの許されない。

　絶対にあっちゃいけないのにっ⋯⋯。

「穂叶ちゃん⋯⋯わかった、渚くんには伝えておくから、泣かないで」

　おばあちゃんは、あたしの背中をトントンと優しくたたく。

　そして、そろそろ渚くんが来る頃だからと、部屋を出て

いった。

　ひとり、病室に取りのこされる。

　これから、どうすればいいんだろう。

　渚くんに出会う前みたいに、またずっと苦しみ続けるしかないのかな……。

　もう……。

「消えてしまいたいっ……」

　でも、どうやったら死ねる？

　どんなに手首を切っても、窓から地面を見つめても、結局死ぬのが怖い。

　楽に、死ねる方法があればいいのに……。

「いっそ、お母さんと一緒に……」

　あたしはお母さんと一緒に、寄りそうように静かに死ぬところを想像する。

　きっと、楽になれるんだろうな……。

　もうあたしたちは、死ぬことでしか、あの男から逃れることはできない。

「なにからまちがってしまったんだろう……」

　これも、何度も自分自身に問いかけていた言葉。

　両親の離婚？

　あの男との出会い？

　それとも、そもそもあたしが生まれたことがいけなかったのかな。

　──コンコンッ。

　ぼんやりとそんなことを考えていると、病室の扉をノッ

クする音が聞こえた。

　ここは個室だから、あたしに用があるはず。

　まさか、あの男がまた現れたんじゃ……。

　あたしは、おそるおそる扉へと近づいた。

　そして、震える手で病室の扉に両手をつく。

「穂叶ちゃん……目、覚めたんだな」

「っ!!」

　扉ごしにかけられた声に、あたしは動揺する。

　どうして……？

　来ないでって、おばあちゃんに言うように頼んだのに。

　すぐ、扉ごしに渚くんの存在を感じる。

「穂叶ちゃん、穂叶ちゃんはもう大丈夫なのか？」

「……平気」

　お願い、早く……。

　あたしの前からいなくなって。

　でなきゃ、今すぐにでもこの扉を開け放って、渚くんに
会いたくなっちゃうから……。

　だから、なるべく冷たい声を出す。

　それが苦しくて……なかなか難しい。

「穂叶ちゃん、俺……ケガするより怖いのは、穂叶ちゃん
がいなくなることだよ……」

　渚くん、声が震えてる……。

　声しか聞こえないから、なおさらその変化に気づけた。

　渚くん……また、あたしのせいで泣いてるのかな……。

「もう会いにこないでとか……結構こたえる……っ」

あぁ、おばあちゃん、あたしの言葉を伝えてくれたんだね。

　……もう、泣かないで。

　渚くんが傷つくたびに、心に鋭利なナイフが刺さるように痛んだ。

　それが、あたしと関わったせいだってわかってるから、なおさら辛くて、苦しい。

「そばにいて……そばにいさせてよ、穂叶ちゃんっ……」

「ふっ……うぅっ……」

　あたしは扉に両手をついたまま、うなだれる。

　そして、うつむくと同時に、涙が病室の床を濡らした。

「っ……」

　嗚咽をこらえるのが難しい。

　呼吸をするたびに漏れて、涙をこぼす。

　そばにいさせてよ、なんて……言わないで。

　これ以上、あたしの心をかき乱さないでよ……。

「俺、穂叶ちゃんのそばにいられるなら、傷ついてもいい!!」

「あっ……」

『殺しても……いいよ……』

　ふと、渚くんに言われた言葉と、自分がお母さんに言った言葉が重なる。

　今、わかった……。

　あたしがお母さんに言った言葉は、相手を思って言った言葉だったのに、なによりも相手を傷つける言葉だったんだ。

涙のむこうで、君と永遠の恋をする。 》 245

　渚くんは、あたしのために傷ついてもいい。

　そう、言ったんだ……。

　誰よりも傷ついてほしくない、傷つけたくないと思って
いるその相手に、それを言われた。

　あたし、最低だ……。

　言うのも、言われるのも、どちらも傷つく。

　優しく、幸せばかりをくれた渚くんに、あたしはなんて
辛いことを言わせたんだろう。

　一緒にいることで、お互いに苦しい思いをするくらいな
ら……。

「渚くん、もうここへは……来ないで」

　自分でも驚くくらいにハッキリとそう言えた。

「っ……」

　その言葉に、渚くんが息をのんだのがわかる。

　それでも、あたしは話し続ける。

「あたしは……渚くんに、そばにいられるとっ……辛いん
だ」

「穂叶……ちゃ……」

　渚くんの声は震えていた。

　そして、とても絶望しているように思えた。

「俺がそばにいると……辛いの？」

　ごめんね、ごめんねっ……。

　渚くん、傷つけてごめんねっ……。

「うん、辛い……だから……」

　ポタポタと落ちる涙もそのままに、そう告げる。

「俺が、穂叶ちゃんのこと、傷つけてるのかな……っ？」

　あたしが全部悪いから、渚くんは泣かないでっ……。

　渚くんはなにも悪くない。

　今まで傷つけて……ごめんねっ……。

「俺、ずっとっ……穂叶ちゃんを守りたかった……だけなんだっ……ごめん、ごめんっ……」

「渚くっ……」

　泣いている渚くんに、あたしはとっさに声をかけようとした。

　だけど、あたしになにが言えるの？

　そばにいさせてって言う渚くんに、あたしは応えられない。

　好きだと伝えることも、もうできない。

　この扉を開けることも……あたしにはできないんだよっ!!

「渚くん、さよなら……」

「っ……ごめん、ごめんっ」

　──タッタッタッタッ。

　渚くんがまた「ごめん」と言った。

　そしてすぐに、扉から遠ざかる足音。

「ごめんねっ……傷つけてごめんね、渚くんっ……」

　あたしは、その場に崩れ落ちた。

「うぅっ……ふっ……うっ……あぁぁっ」

　両手で顔を覆い、我慢していた気持ちを吐き出すように、子供のように泣きじゃくった。

涙のむこうで、君と永遠の恋をする。 ≫ 247

あたしの前にある壁は薄くて、開けようと思えばすぐに開けられたはずなのに……。

あたしと渚くんとの間にあるのは、とてつもなく高く、厚い……越えられない壁のように思えた。

好きだった。

大好きだった。

渚くんのそばにいるときが一番、この世界のどこよりも安心した。

楽しい、うれしい……そんな感情をまた持つことができたのは、渚くんがいたからだよ。

「でも……知りたくなかったなぁ……っ」

あたしは、大切な人を失った痛みをずっと抱えていく。

それは、あたしだけでなく、渚くんも。

「あたしたち……出会わなければよかったのかな……？」

そうすれば、あたしは心を、感情を持たずに済んだのかもしれない。

苦しい、悲しい……身を裂かれるような、こんな痛みを知らずにいられたのかも。

「さよならっ……」

心から、渚くんが好きだった。

ううん、今も。

だから、この先もずっと、あたしは苦しみ続けるんだろう。

また、この心に頑丈な檻ができるまで、ずっと……。

君のためにできること

【渚side】

「中間テスト、返却するぞー」

担任の杉治先生がテストを返却していく中、俺はぼんやりと机に頬杖をついていた。

視線は無意識に、穂叶ちゃんがいるはずの隣の空席に向けられる。

結局、穂叶ちゃんは中間テストを受けられなかったんだよな。

「そばにいられると辛い……か」

あのあと、俺は穂叶ちゃんから逃げ出して、病院を出てしまった。

あれから、気づけば３日もたっている。

俺が穂叶ちゃんを追いつめてるなんて、思いもしなかったんだ。

前よりも笑ってくれるようになったから、少しでも俺の存在が役に立ててるんじゃないかって、調子に乗ってた。

「さよならが、あんなに重い言葉だったなんて、知らなかったな……」

好きな人から言われるさよならは、こんなにも俺を孤独にする。

ただ守りたかっただけなのに、傷つけた。

もう顔も見たくないくらい、俺のことが嫌いになった？

涙のむこうで、君と永遠の恋をする。 》》 249

「前原ー。おい、前原、聞いてるか？」

「……えっ？」

　ふいに、視界に杉治先生のドアップが広がる。

　視線をずらすと、その手には俺のテストが握られていた。

「あ、俺、呼ばれてました……？」

「何度もな」

「すみません」

　俺は謝りながらテストを受け取る。

　いけない、呼ばれたのもわからないくらい、ボーッとしていたみたいだ。

　しっかりしないと……。

「前原、篠崎と仲よかったよな。これ、テストのかわりの課題、渡しといてくれよ、ほら」

「あ、はい……」

　杉治先生は、俺に穂叶ちゃんの課題プリントまで渡してくる。

　今は、これを渡せるのかさえ怪しいけど……。

　だけどこれで、穂叶ちゃんに会いにいくきっかけはできた。

「がんばれよ、前原。ちゃんと篠崎を連れて帰ってこい」

　ボソリと、俺にだけ聞こえるように杉治先生がつぶやいた。

「え……」

「それじゃあ、みんな次の授業の準備しておけよー」

　その意味を聞き返す暇もなく、杉治先生は教室を出て

いってしまう。

　なんとなく、杉治先生はすべてを知っているような、そんな気がした。

　放課後、俺は課題プリントを手に、病院へとやってきた。

　そして、穂叶ちゃんの入院する病室の前で立ちどまる。

「……ほ……っ」

　穂叶ちゃんの名前を呼ぼうとして、俺は口をつぐんだ。

　穂叶ちゃんのためにと用意した忘れな草を、静かに抱きしめる。

　どんなにこの扉の向こうに声をかけても、きっと穂叶ちゃんは出てきてはくれないんだろうな。

　それに、俺が会いにいったら……。

　穂叶ちゃんを、また泣かせてしまうかもしれない。

　そんなことを考えて動けずにいると、うしろから足音が聞こえた。

「あら、あなたは……渚くんね」

「あっ、おばあさん」

　現れたのは、穂叶ちゃんのおばあさんだった。

「穂叶ちゃんのために、来てくれたのね」

「来ないでって言われてるのに、すみません……」

　図々しく、また来てしまった。

　怒られるのを覚悟していると、おばあさんは笑顔のまま、俺の肩をポンポンとなぐさめるように軽くたたいた。

「あの子のこと、大切にしてくれてありがとうね」

涙のむこうで、君と永遠の恋をする。 >> 251

「俺は……」

　ちゃんと、穂叶ちゃんを大切にできていたのか？

　守りきれなかったから、こうして離れることになっちゃったんじゃないのかな。

　せっかく、笑えるようになったのに……。

　また、暗い、冷たい檻の中へと戻ってしまった。

　全部、彼氏のくせになにもできなかった俺のせいだ。

「あの子の心の檻はとても頑丈で、簡単には壊せないのね」

「え……？」

　まるで、俺の心の中を読んだかのようなおばあさんの言葉に、驚く。

「だから、本当の意味で救われるには、母親のこと、そして付きまとうあの男の影をなんとかしなければ、難しいのかもしれない」

　どんなにそばにいたって、心の奥底にある恐怖や悲しみは消えない。

　その原因を取りのぞかない限り、穂叶ちゃんはずっと孤独なんだ。

「なら、俺にできることは……」

　穂叶ちゃんが恐れる男のこと、お母さんのこともなんとかして、帰る場所である仲間がいることを穂叶ちゃんに教えてあげることなのかもしれない。

　まだ漠然としていて、どうすればいいのかわからないけれど……。

「おばあさん、この忘れな草、毎日届けにきます。だから、

穂叶ちゃんの部屋に飾ってもらえますか？」

　俺が、いつでもそばにいることを忘れないでほしい。

　そんな気持ちをこめて、忘れな草をたくす。

「ええ、もちろんよ。あれ、もう一つの忘れな草はどうするの？」

　俺の手には、穂叶ちゃんの分とは別にもう一束、忘れな草がある。

「これは、穂叶ちゃんのお母さんに」

「あ……そう、ありがとうね、渚くん」

　おばあさんはうれしそうな、それでいて泣きそうな顔で微笑んだ。

　その笑顔に見送られて、俺は別の階にあるお母さんの病室へと向かう。

　お母さんの病室は、穂叶ちゃんの病室がある階からワンフロアあがってすぐだ。

　──コンコンッ。

「…………」

　ノックをしたのに、返事は返ってこない。

　穂叶ちゃんの首を絞めた事件から、お母さんのところへは行っていない。

　そのときは、穂叶ちゃんをひとりにしたくなかったからだ。

　でも、穂叶ちゃんも心を壊してしまって……気づいたことがある。

　穂叶ちゃんは、自分だけじゃなく、穂叶ちゃんにとって

涙のむこうで、君と永遠の恋をする。 ≫ 253

大切なお母さんも救われない限り、元気にならないんだって。

　だから、課題を渡してくれた杉治先生には感謝だな。

　ここに来る勇気をくれた。

　これをきっかけに、お母さんのことも助けたい。

　きっとお母さんは、悲しい、苦しい記憶を穂叶ちゃんの首を絞めたときに思い出してしまった。

　俺たちを迎えてくれたときとは変わってしまっているんだと思う。

　それでも、めげずに会うことを決めた俺は、扉に手をかけた。

「失礼します」

　失礼を承知で、俺は病室へと足を踏みいれる。

　すると、穂叶ちゃんのお母さんは、ベッドに腰かけたまま、ぼんやりと窓の外を見つめていた。

　夕日に照らされるその横顔が、いつか見た穂叶ちゃんの憂いを帯びた表情に重なって見える。

「……由子さ……穂叶ちゃんの、お母さん」

「……誰？」

　静かに、お母さんの瞳が俺を見た。

　その瞳はどこか怯えているように見えて、俺はそんなお母さんにゆっくりと歩みよる。

　そして、お母さんから拒絶されないとわかると、ベッドサイドの丸イスに腰かけた。

「俺は、渚っていいます。穂叶ちゃんの……彼氏です」

「っ……穂叶なんて、知らないわっ」

　そう言いながらも動揺しているところを見ると、知らないなんて嘘だとすぐにわかった。

　……この家族に、どれほどの苦しみがあったのか……。

　傷つきすぎて、誰も信じられなくなっている瞳は、穂叶ちゃんにそっくりだった。

「……お母さん、これ、忘れな草です」

　俺はなるべく平静を装って、忘れな草を手渡す。

　お母さんはそれを、怯えたように受け取った。

「お母さんのこと、大切に思っている人がいるってこと、忘れないでください」

　穂叶ちゃんも、おばあさんも、そして俺も……。

　お母さんのこと、ちゃんと思っている。

「そんなの……ありえないわ。でなきゃ、あの人は出ていったりしなかった……。そうすれば、孝さんとも会わずに済んだ……」

　その言葉で、今目の前にいるお母さんが、幻覚ではなく現実を見ていることに気づいた。

　それがどんなに辛いことなのか、想像することしかできないけれど……。

「……それでも、お母さんは愛されてます」

　穂叶ちゃんっていう、たったひとりの娘に。

　悲しげに伏せられるまつ毛に、胸がしめつけられた。

　穂叶ちゃんの分まで、俺が会いにこよう。

涙のむこうで、君と永遠の恋をする。　》255

　そう決めた俺は、次の日も穂叶ちゃんのお母さんに会い
にいった。
「穂叶ちゃん、すっごく頭がいいんです。とくに英語、教
えるのもうまいんですよ！」
「そうなの……」
　まだ俺のことを怖がっているように見えたけど、嫌がら
ずに話してくれた。
「はい。それに、学校が終わるとお母さんに毎日会いにきて、
たくさんお話もしてました」
「それは……なんとなく、覚えてるわ」
　どうやら、お母さんは穂叶ちゃんが友達として会ってい
る間の記憶が曖昧になっているようだった。
　でも、話しているうちに、こうしてときどき思い出して
いる。
　なんとか、穂叶ちゃんとお母さんの絆を繋ぎたかった。

「お母さん、今日も来ちゃいました！」
「渚くん……こんにちは。今日も来てくれたのね」
　はじめは警戒心が強かったお母さんも、今では肩の力を
抜いて俺と話してくれるようになっていた。
　この数日間、お母さんは幻覚を見ることなく、俺をちゃ
んと穂叶ちゃんの彼氏として見ていたと思う。
　前より表情も明るくなったし、よくなってきているんだ
とわかった。
「ねぇ、渚くんは……自分のお母さんのこと好き？」

「え、それはもちろん」

　照れくさいけど、ここで意地を張るべきじゃないと思った。

　そう思うほど、お母さんから質問されるのは、めずらしいことだったからだ。

「そう……でも、ひどい仕打ちを受けても、そう言えるかしら……」

「お母さん……」

　それは、穂叶ちゃんを傷つけてしまったことを言っているのかな？

　うん、たぶん、そうにちがいない。

　お母さんは後悔しているんだ。

　穂叶ちゃんにしてしまったことを……。

「……俺は、どんなに傷つけられても、母さんは大切な家族だと……思います。だから、簡単に縁なんて切れない」

　穂叶ちゃんを見ていて感じた。

　どれだけ辛くても、傷つくとわかっていても、お母さんに毎日会いにきたのは、穂叶ちゃんにとって、今目の前にいるお母さんは、たったひとりのお母さんだからだ。

「俺の母さんが言ってたんです。人は、大切にされていることにはなかなか気づけないって」

「え……？」

「本当に、そのとおりだなって」

　あれだけ穂叶ちゃんに愛されているのに、お母さんは向き合うのを怖がっている。

そして、穂叶ちゃんも……こんなにお母さんに愛されているのに、それを知らずにいる。

　ずっと、孤独なんだって思いこんで……。

「そばにいる人の声に、耳を傾けてください。それで、今度は穂叶ちゃんと向き合って、もっと自分の娘を信じてみてください」

「渚くん……」

「大丈夫、俺が保証します。ふたりは、誰よりも愛し合っている、素敵な家族ですよ」

　俺の言葉に、お母さんは涙を流した。

　俺もなぜだか泣きたくなって、それを必死にこらえる。

　穂叶ちゃんとお母さんが笑い合える日を、心から願った。

　そして、穂叶ちゃんが入院してから10日がたった。

「おい、渚……ツラ貸せや」

「隠してることがあるなら、早急に僕たちに吐くことだね」

　登校してきたとたん、琢磨と優真が肩に腕を回してくる。

「土足で踏みこんでいいのかわからなかったから、黙ってたけどよ」

「さすがにもう待てない」

　琢磨、優真……。

　これは……穂叶ちゃんのことだな。

　それがすぐにわかって、俺は苦笑いを浮かべた。

「黙ってて悪いと思ってるよ」

「本当、穂叶に連絡しても返事ないし、家に電話しても留

守電だし……。確認しようにも手段がないの。ねぇ渚、な
にか知ってるなら教えて」

「梨子ちゃん……」

「穂叶は、あたしの大切な親友なの……」

　あぁ、そうだよな。

　みんなだって、穂叶ちゃんのことが心配に決まってる。

　俺だけじゃなく、みんなにとっても大切な女の子だから。

「じつは……」

　そう思った俺は、みんなに穂叶ちゃんの入院のこと、そ
れまでの経緯を話した。

「穂叶……」

「梨子ちゃん、親友なのに黙っててごめん。みんなには話
してもいいと思ってたんだけど、入院のこと、一応クラス
メイトには秘密にしてたみたいだったから」

　俺が勝手に話すのも、ちがうかなとは思う。

　だけど、今回は穂叶ちゃんとお母さんの絆を取りもどせ
るかもしれない。

　だから、みんなの力を借りたかった。

「じゃあ、僕たちに話したってことは、なにか手伝えるこ
とができたわけだ？」

「そうだな！　お前、最近疲れた顔してたし、これでも心
配してたんだからな？」

　優真、琢磨……。

　ふたりには、きっとお見通しなんだろう。

　俺の、唯一の親友だから。

涙のむこうで、君と永遠の恋をする。　>> 259

「ありがとな……うん、どうか穂叶ちゃんとお母さんのた
めに、力を貸してほしい」

　そう言った俺に、みんなは笑顔でうなずいてくれる。

　穂叶ちゃんのために、俺のできることをするね。

　だから、次会うときには君の笑顔が見られますように。

　そう願って、俺はみんなにこれからのことを話した。

絆を繋いで

【穂叶side】

　入院してから10日がたった。

　あたしは今も点滴をしてもらっている。

　食欲が湧かず、ご飯が食べられなくて、点滴で補わなければいけなくなったからだ。

「穂叶ちゃん、顔を見にきたよ」

　お母さんのことも見てくれている東先生が、病室へとやってきた。

　いけない、起きなきゃ……。

　あたしは起きあがろうとして体に力を入れる。

「っ……」

「そのままで大丈夫だよ」

　起きあがろうとしたけど、体に力が入らなかった。

　お言葉に甘えて、あたしは横になったまま、東先生に顔を向ける。

「穂叶ちゃん、夜は眠れているかな？」

　東先生は、ベッドサイドに丸イスを置いて座った。

「夜……」

　毎晩、眠りにつくのは朝方で、やっと眠れたかと思えば、悪夢にうなされるの繰り返しだ。

「全然、眠れません……」

　入眠剤、熟眠剤を飲んでも、寝た気がしない。

どうしてか、PTSDの症状がどんどんひどくなっている
気もする。
「先生、もっと強い薬はないですか？　これじゃあ、ずっ
と苦しいんです」
　毎晩、あたしはあのときの、渚くんがあの男に傷つけら
れたときの夢を見ている。
　大切な人がどんどん傷つけられていって、最後はあたし
を傷つけて笑うんだ、あの男は。
「穂叶ちゃん、薬だけではダメなんだ……」
　先生は、あたしを諭すように話す。
「心の傷は、薬よりももっと……それを癒やすような誰か
の優しさが必要なんだよ」
「……そんなの……」
　もう、なくなってしまった。
　誰よりも優しいあの人は、もういない。
　あたしが、あたしが手放したから……。
「虐待によってPTSDになった人は、自分を卑下する人が
多い。穂叶ちゃんには、誰よりも、穂叶ちゃん自身を大切
だと言ってくれる誰かが必要なんだ」
「でも……そばにいたら、あの人を傷つける……」
「そうか、穂叶ちゃんは、誰よりも穂叶ちゃんを大切にし
てくれる誰かに、出会えたんだね」
「あ……」
　それは、きっと渚くんだった。
　自分が傷ついてもいいからって、あたしのそばにいてく

れようとした……。

　言葉ではいくらでも言えるけど、渚くんは実際に身をていして守ってくれた。

「穂叶ちゃん、もしそんな人がいるのなら、どうか離さないでほしい」

「先生、あたしは……誰かの重荷になって生きていくのは嫌です……」

　あたしは先生から視線を外して、病室にある忘れな草を見つめる。

　おばあちゃんが来たときに、いつも水をあげてくれていたからか、今も枯れることなく花を咲かせている。

　もういっそ、枯れてくれれば……とも思った。

　枯れてくれれば、渚くんのことも思い出さずに済むんじゃないかって。

「人は、誰しもひとりでは生きていけないし、つねに誰かに寄りかかって生きている。重荷というより、大切な人と痛みも苦しみも共有している……の方が、しっくりこないかい？」

「でも、その苦しみが釣り合わなかったら？」

　どちらかの苦しみや痛みが、重すぎるときは？

　相手にかける負担の方が、かけられる負担より大きいときはどうすればいいの。

「釣り合う、釣り合わないじゃない。どちらのモノとかではなくて、ふたりのモノなんだと私は思うよ」

「ふたりのモノ……」

渚くんも、そんな風に思ってくれてたのかな。

渚くんも、あたしのこと……あたしの背負っているモノを、ふたりのモノだと思ってくれてたのかな……。

先生が部屋を出ていったあとも、あたしは先生の言葉を忘れることができなかった。

「あたしは……誰かと生きるなんて……」

あたしの人生には、必ずあの男がつきまとう。

そばにいないのに、まるでいつも見られているかのような恐怖。

怖い……そして、苦しい。

お母さんやおばあちゃん、渚くん……。

大切な人を傷つけられたときの、あんな思いをするのはもう嫌……。

「もういっそ、永遠に目覚めなければいいのに……」

薬漬けにでも、なんでもなればいい……。

もう、この手を引いてくれる人はいない。

優しく、笑いかけてくれる人も……好きだと伝えられる人も、もう現れない。

目が覚めなければ、そばにいない渚くんに胸を痛めずに済むから。

ベッドに深く体を沈めて、あたしはゆっくりと目を閉じた。

＊　＊　＊

——コンコンッ。

病室をノックする音が聞こえる。

ゆっくりとまぶたを持ちあげると、いつの間にか、空は夕暮れに赤く染まっていた。

あたしは、ゆっくりと扉に視線を移す。

「はい……」

誰だろう……。

また、渚くんだったりして……。

って、そんなわけないか……。

あたしは、自嘲的な笑みを浮かべた。

渚くんを突き放したのは、あたしなのに……。

「穂叶、入ってもいい？」

え……この声は……。

「え……梨子……？」

予想外の訪問者に、あたしは動揺していた。

あたしが入院していることは、クラスメイトには内緒にしてもらっている。

みんなには、あたしが精神病院に入院しているって知られたくなかったから。

渚くんに聞いたのかな……。

「入っていいよ」と言おうとして、あたしは自分の姿を見おろした。

シワくちゃの病衣に、ボサボサの髪。

おまけに、眠れていないせいで目の下にクマができて、顔色も悪かった。

涙のむこうで、君と永遠の恋をする。 >> 265

「穂叶、お願い、話を聞いてほしいの！」

「梨子……わかった」

　あたしは、ゆっくりと体を起こす。

　それと同時に、梨子が病室に入ってきた。

「穂叶……っ、穂叶!!」

　梨子はあたしを見たとたんにブワッと泣きだし、抱きつ
いてくる。

「梨……子……」

「本当に、心配したのよ!!」

　ベッドに座るあたしを、力強く抱きしめる梨子。

　あたしは、そんな梨子の背中にそっと手を回した。

「穂叶、話は渚から聞いた。辛かったね、辛いときにそば
にいられなくて、あたし親友なのにっ……」

「梨子……ちがうよ、梨子が自分を責めることない……。
あたしが、あたしが、悪いんだからっ……」

　渚くんも、梨子も優しすぎる。

　あたしなんかのために、傷つかなくていいのに……。

「ねぇ、穂叶……」

「うん……」

　梨子は少し体を離すと、まっすぐにあたしを見つめてき
た。

「あたしを信じて、ついてきてほしい」

「梨子……」

　いったいどこに行くっていうんだろう。

　でも……そのまっすぐな視線、切実な瞳に、梨子が真剣

なのがわかった。

　だから、梨子を信じてあたしはうなずいた。

「穂叶、大丈夫？」

　あたしは数日間、点滴でしか栄養をとっていなかったせいか、体がふらついてしまう。

　それを、梨子が支えてくれた。

「梨子、どこに行くの……？」

　あたしは、梨子に支えられながら尋ねる。

　すると、梨子はしばらく廊下を歩いて足を止めた。

「ここだよ、穂叶」

「ここ……」

　そこは、あたしの病室と別の階にあるお母さんの病室だった。

『離してー!!　アイツを殺してー!!』

「っ……」

　あのとき、最後にお母さんと会ったときに言われた言葉が頭の中に響きわたる。

　それに、足がすくんだ。

「梨子、どうしてここにっ……」

　あたしは足を止めて、震える体を自分で抱きしめる。

　でないと、今にも膝から崩れ落ちそうだったから。

「穂叶……渚は毎日毎日、穂叶とお母さんに会いに、ここへ通ってきてたんだよ」

「え……？」

涙のむこうで、君と永遠の恋をする。 >> 267

　あたしは、梨子の言ってる意味がわからなくて、たしか
めるように梨子を見つめる。
「穂叶のおばあちゃんに頼んで、穂叶が行けない分も、お
母さんに会いにいってたみたい」
「どうして……」
　渚くん、どうしてそんなこと……まだ続けてくれてた
の？
　渚くんのこと、あんなに勝手に突き放したのに。
　どうしてそこまで……。
「穂叶のことがよっぽど大切なのね……」
「渚くん……」
　本当に、ここまでくると……優しいにもほどがある。
　本当に本当に……バカだよ。
　あたしなんかのために、ここまでするなんて……。
「穂叶、渚を信じて」
「え……？」
　言葉の意図がわからなくて、あたしは首を傾げる。
　梨子はあたしをギュッと抱きしめた。
「今度こそ、お母さんと向き合うの。渚が、その絆を繋ご
うとしてくれてる」
「渚くんが……」
　渚くんが、お母さんとあたしの絆を繋ごうとしてくれて
いる？
　正直、お母さんと会うのはまだまだ怖い。
　だけど……。

お母さんから逃げたままでいいの？

　なにより、あたしのために、あたしの大切な人を救おうと動いてくれた渚くんを信じたい。

「ふぅ……っ」

　あたしはそっと梨子から離れて、お母さんの病室の前に立ち、瞳を閉じて深呼吸をした。

　そして、もう一度ゆっくりと目を開ける。

「梨子……行ってきます」

「行ってらっしゃい、穂叶」

　──カラカラカラ……。

　あたしは梨子を振り返らずに、病室の扉を開けた。

　中へ入る瞬間……。

「がんばって……っ」

　梨子の声を、背中越しに聞いた気がした。

　──パタンッ。

　うしろで、扉の閉じる音がする。

　これでもう、逃げられない。

　ちゃんと向き合わなきゃ……。

　そう決意を固めると、目の前には……。

「……穂叶……」

「っ……名前……」

　やせ細った、お母さんの姿があった。

　だけど、お母さんはちゃんとあたしのことがわかっているみたい。

　久しぶりに名前を呼ばれて、思わず泣きそうになった。

涙のむこうで、君と永遠の恋をする。 >> 269

「お母さん……」

　あたしも、由子さんとは呼ばなかった。

　あたしのことがわかるということは、お母さんはついに思い出してしまったんだ。

　思い出さない方が、苦しまなくて済む。

　お母さんが傷つくなら、あたしはお母さんの中からいなくなってもいいって思ったのに……。

「まだ、私をそう呼んでくれるの……？」

　お母さんは、あたしを悲しげに見あげていた。

　ベッドに座ったまま見あげてくるお母さんは、もうあのくまのぬいぐるみを持っていない。

　いつも肌身離さず持っていたのに……。

　ちゃんとあたしを見つめて、名前を呼んだ。

　やっぱり、あたしのことがわかってるの……？

「う、嘘……」

「穂叶……」

　あぁ、信じられない。

　こんな、奇跡みたいなことが起きるなんて……っ。

　お母さんと、こうして本当の意味で向き合える。

　そんな日が来るなんて思ってもみなかった。

「あたしには……お母さんはひとりしかいないっ……からっ……」

　あたしは、ポロリとこぼれる涙も拭わずに、お母さんを見つめた。

　はじめて、お母さんとちゃんと目が合った気がする。

お母さんはいつでも自分の理想の夢の中にいて、あたしを見つめてくれることはなかったから……。

「今でも思い出すの……あなたに、殺してもっ……いいって言われたことっ……」

「お母さんっ……」

　涙を流すお母さんに、あたしまで胸が苦しくなった。

　あたしたちは、あまりにも傷つけ合いすぎた。

　お互いが望んだことじゃないってわかっていても、もう戻れないって……あきらめていた。

「私はっ……あなたを愛してる。なのにっ……孝さんに言われたことに動揺して、そんな大切なことを忘れてしまってたっ……」

「お母さん、藤枝孝にだまされたんだよ。お母さんが藤枝孝をお父さんだと思いこんでいたのを利用して」

　男の子ができたら、お父さんが私を見てくれる……。

　お母さんの一番辛い過去を利用して、藤枝孝は最低最悪の言葉で、あたしたちの仲を何度も引きさいた。

　あたしの言葉に、お母さんはうなずく。

　まるで、なにもかも知っているかのようだった。

「私は……ただ、お父さんがいなくなってしまったことが悲しかった。だから、孝さんに依存することでしか、自分を保てなかったの……」

　お母さんは自嘲的な笑みを浮かべ、近くにあるくまのぬいぐるみを手に取る。

「でもっ、孝さんは私やあなたを傷つけて、苦しめて……

涙のむこうで、君と永遠の恋をする。 >> 271

いつの間にか、私は……私はっ……」

　震えだすお母さんはたぶん、あの男と過ごしたあの日々を思い出しているのだとわかった。

「お母さん、辛いなら思い出さないで……」

「ちがうの。言わせて、穂叶……」

　つい言ってしまった言葉に、お母さんは首を横に振る。

　そして、呼吸を落ちつけようとするお母さんを見ていて思った。

　お母さんも、ずっと闘ってきたんだ……。

　いつも、あたしだけが苦しいんだと思っていた。

　だけど、お母さんも病気と、あの過去とずっと闘っていたんだね。

「あなたを責めることで……自分を保とうとしたのよ……」

　それは……わかっていた。

　あの男は、お母さんを虐待しているのに、お母さんはお父さんを取りもどすことだけに必死で、現状を変えようとはしなかったから。

「だから、あなたを傷つけた……っ」

　こんな考え方をするあたしは、もうおかしいのかもしれない。

　だけど、あたしはお母さんに傷つけられても、お母さんを憎むことだけはできなかった。

「そばにいる人の声に、耳を傾けてください。それで、今度は穂叶ちゃんと向き合って、もっと自分の娘を信じてみてください……って、渚くんに言われたわ。それに、毎日

会いにきてくれたのよ」

「え、渚くんが……？」

　渚くん、本当に毎日会いにきてくれてたんだ……。

　胸が、感謝の気持ちでいっぱいになる。

　だってその言葉は、毎日病院へ通って、お母さんに語り
かけてきたあたしへの優しさも含まれているように思えた
から。

「私たちは誰よりも愛し合ってる、素敵な家族だって……
渚くんが言ってくれたから、私はもう一度あなたと向き合
おうと思えた」

「お母さん……」

　その勇気を持つことが、どれだけ苦しいことか……痛い
ほどわかる。

　あたしも、会いにくるたびに、お母さんを不幸にしてし
まった過去と向き合わなきゃいけなくて、苦しかったから。

「二度目に、あなたに殺してもいいって言われたとき……
ふと我に返ったの。それで、自分がしたことに怖くなった」

　震えだすお母さんに歩みよろうとして、あたしは足を止
める。

　近づいたら、お母さんが消えてしまいそうな気がした。

　いつか、渚くんに言われた言葉を思い出す。

『穂叶ちゃんは、近づきすぎると……もう二度と、俺を見
てくれない気がして』

　それが今、わかった気がした。

　お母さんは傷つきやすく、脆くて、触れたら壊れてしま

涙のむこうで、君と永遠の恋をする。 >> 273

いそうで……近づくのが怖かった。

　だから、病室に来るたびにビクビクして、くじけそうになる心を必死に奮いたたせていたんだ。

「愛しているあなたをっ……気がついたら、この手で苦しめてっ……うぅっ」

　泣きだしてしまうお母さんを、あたしも泣きながら見つめた。

　あたしを傷つけているお母さんも傷ついていたこと、わかってた。

　だって、あたしはお母さんの娘で、誰よりもお母さんを見てきたから。

「わかってた……わかってたよ、お母さん」

「穂叶……」

　泣いているお母さんに、1歩ずつ近づく。

　お母さんは、あたしを怯えたように見つめた。

　それにひるんで、あたしは立ちどまった。

「お母さんが、たくさん苦しんでたのを知ってる。だから、あたしはお母さんが楽になるなら……殺されてもいいって言ったの……」

「あなたにそこまで思わせてしまうなんて……親失格よねっ」

　お母さんは不安げにあたしを見つめる。

　そんなお母さんに、あたしはそっと歩みより、涙で濡れた頬に手を伸ばした。

「あたし……本当は、楽になりたいって気持ちもあった。

だけど、自分で死ぬのは怖くて……誰かに殺してほしかったのかもしれない」

そして、お母さんの涙を手で拭った。

すると、お母さんと至近距離で目が合う。

「お母さん……あたしたち、もう十分苦しんだよ……」

「え……？」

お母さんは、あたしを不安げに見つめる。

そんなお母さんに、あたしはそっと微笑んだ。

「また、一緒に……生きていこう、お母さん」

お願い、届いて。

お母さん、もう一度あたしを見て。

また、家族として……お母さんと一緒に生きていきたいよ。

「あなたのそばに……いてもいいの？　まだ、私はあなたのお母さんでいられる？」

泣きながらあたしを見あげるお母さんに、あたしは涙でぼやける視界のまま、ゆっくりとうなずく。

だって、まだなにも、あたしのお母さんは目の前のお母さん、ただひとりだから。

「あたしのお母さんっ……」

「穂叶っ!!」

あたしは、ギュッとお母さんに抱きつく。

お母さんも、あたしを抱きしめ返してくれた。

お母さんが、あたしの名前を呼んでくれた。

くまのぬいぐるみではなく、あたしの目を見て、娘だと

言ってくれた。

「ううっ……お母さんっ!!」

　あたしは泣き続ける。

　それでも心はうれしさで満たされていた。

「ありがとう、ありがとう、穂叶っ……あなたは、私の宝物よ」

　いつか、小さい頃にお母さんが言ってくれた言葉。

　お母さん、お母さん、大好きだよ……。

「穂叶、あなたは気づかないうちにこんなに大きくなっていたのね……」

「え……?」

　あたしを抱きしめながら、お母さんがポツリとつぶやく。

　あたしは不思議に思って、首を傾げた。

「穂叶、渚くんはね、毎日私に会いにきてくれたの」

「うん……」

　ひょっとして、お母さんがこうして元に戻ったのも、渚くんのおかげなのかもしれない。

　ううん、そうにちがいないよ。

「私に、穂叶の話をたくさんしてくれたわ。私が穂叶のことを忘れていても、ずっと」

「あたしのことを……?」

「渚くんが話し続けてくれたからこそ、私は穂叶を思い出すことができたわ。あの子、よっぽど穂叶のことが大切なのね」

　そんなことをしてくれていたなんて……。

渚くんは、知らないところでいつもあたしを守ってくれ
ている。

　どんなに遠ざけても、決して離れたりはしなかった。

　本当に優しいあの人を、あたしは心から尊いと思う。

「あなたと話すには、今まで私がしてきたひどい過去を振
り返らなきゃいけない。だから、ずっと会うのが怖かった。
さっきも思い出しながら、心の中で忘れてしまいたいと弱
気になった……」

「お母さん……それでも、あたしと向き合ってくれたんだ
ね」

　辛くても、それでも過去に負けず、あたしを見てくれた。

　こうしてお母さんと見つめ合えていることが、どれほど
の奇跡なのか……。

　みんなは知らないだろう。

　だけど、あたしにとってはそれくらい、大きな進歩だっ
た。

「向き合った先に幸せな未来があることを、渚くんが教え
てくれたからよ。過去の苦しみよりも、取りもどしたいあ
なたとの幸せがあったからこそ……がんばれた」

「そっか……そっか、本当にうれしいよ、お母さんっ」

　ポロポロと泣くあたしは、自然と笑っていた。

　お母さんがようやく、娘としてあたしを見てくれたから。

　これもすべて、渚くんが繋いでくれた幸せだ。

「渚くん、ありがとう……っ」

　渚くん……なんでかな、今すごく君に会いたい。

涙のむこうで、君と永遠の恋をする。　≫≫ 277

　会って、ありがとうって伝えたい。
　一度壊れてしまったあたしとお母さんの絆を繋いでくれ
たこと。
　感謝してもしきれないよ……。
「穂叶、行きたい場所があるんじゃないの？」
「お母さん……」
　お母さんは、なにもかもお見通しかのように、そう言っ
た。
　あたしは、お母さんの顔をまっすぐに見あげる。
「あたし……好きな人ができたの」
「うん」
「その人に、伝えたいことがあるんだ」
　そう言ったあたしから、お母さんは手を離す。
　そして、優しく微笑んだ。
「あなたは……後悔しないで。幸せになって」
　それは、たくさん辛いことを経験したお母さんだからこ
その願いなのだと思う。
　あたしは、それに静かにうなずいた。
　大丈夫だよ、お母さん。
　もう気持ちを伝えることを、ためらったりしない。
　渚くんと生きていきたいから、後悔しないように、今度
こそ幸せになるからね。

あたしの歩く道の先

【穂叶side】

　お母さんと気持ちを伝え合ったあたしは、背を押される
ように病室から飛び出した。

「穂叶、お母さんとは……」

　すると、病室の前で待っていてくれた梨子がそう声をか
けてくる。

「梨子、あたし、ちゃんとっ……」

　あわてていたせいで、ちゃんと話せない。

　今すぐ渚くんに会いたい。

　会ってこの気持ちを伝えたいっ。

　その想いが溢れて焦っていた。

　梨子に支えられながら、あたしは呼吸を整える。

「渚は、病院の屋上で休憩してるよ」

　梨子はあたしがなにを言いたいのかわかったのか、渚く
んの居場所を教えてくれる。

「ありがとう、梨子！」

　あとで、ちゃんと話すからね。

　いつも、いろいろ気持ちを隠してしまうあたしに、なに
も聞かず、優しくしてくれた親友。

　本当にありがとう。

　梨子、大好きだよっ。

　あたしはふらつきながらも、会いたい一心で走った。

涙のむこうで、君と永遠の恋をする。 >> 279

　こんなに体に力が入るなんて、思ってもみなかった。

　エレベーターに乗り、屋上階のボタンを押す。

「会いたい……会いたい、渚くんに……」

　エレベーターに乗りながら、あたしは胸の前でギュッと手を握りしめた。

　──チンッ。

「っ!!」

　エレベーターの扉が開いた瞬間、あたしは駆けだした。

　そして、開いていた屋上のドアをすり抜けると、夕暮れに照らされた、渚くんの背中を見つける。

「渚くんっ……!!」

「えっ……?」

　あたしは、その背中に精いっぱい叫んだ。

　渚くんは、勢いよくあたしを振り返る。

「穂叶……ちゃん、なんで……」

　あたしの登場に驚いているのか、それとも会いたくないと思っているのか、渚くんが動揺しているのがわかった。

　あたしは、おそるおそる渚くんに歩みよる。

「渚くん……あのっ……」

　あたしはまた、胸の前で両手をギュッと握りしめる。

　そして、まっすぐに渚くんを見つめた。

　あたしの想い、どうか届いてっ。

「お母さんのこと、本当にありがとう……っ」

「そっか……そっか!!　本当に、よかった……」

　渚くんはその一言ですべてを理解したのか、少し泣きそ

うに、それでいてうれしそうに笑った。

　あぁ、この人の優しさに、あたしは何度救われただろう。

「渚くん……渚くん、あなたが好きです……」

「っ!!」

　渚くんは、あたしの突然の告白に目を見開く。

　自然と想いを口にしていた。

　もう、ずっとわかっていた。

　……どんなに傷つけると思って遠ざけても、忘れられる
はずがない。

　あたしは、この人を求めている……。

「あぁ、やっぱ俺……穂叶ちゃんのこと離すとか無理だな。
だって、すげー好きだ」

　渚くんはゆっくりと手を伸ばし、あたしを胸に引きよせ
る。

　その手は震えていた。

「俺、自分が穂叶ちゃんを傷つけてるんじゃないかって思っ
たら、怖くなったんだ。だからあのとき、逃げだしたりし
て……本当にごめん」

「渚くん……」

　それは、あたしが渚くんを突き放した日のことだ。

　ごめん、と何度も謝って走りさった渚くんのことを思い
出す。

「それは、あたしの方……。渚くんを傷つけているのはあ
たしだと思ったから、そばにいるのが怖くなったの」

　あたしも渚くんも、同じだったんだ。

涙のむこうで、君と永遠の恋をする。 >> 281

　傷つけたくないから、大切だと思うのに離れる。

　どんなに好きで、想い合っていても……。

「俺たち、こんなにお互いのこと考えてる……。これからは、どんな困難も一緒に乗りこえていかないか？　俺たちは、ふたりでひとりだよ」

「ふたりで、ひとり……」

　あっ……。

　そうか、東先生が言ってたことって、こういうことだったんだ。

　どちらの負担が重いかじゃない、ふたりでひとりだから、苦しみも喜びも、すべてふたりのモノなんだって。

「そばにいて、ずっと……。俺は、それだけでいいんだ」

　そばにいる。

　ただそれだけで……あたしも、幸せだ。

　見返りを求めない愛情って、こういう気持ちなのかもしれない。

「あたしも……渚くんのそばに……」

「ずいぶん勝手なことしてるなぁ、穂叶」

　そう伝えようとして、あたしの言葉は突然現れた誰かにさえぎられた。

　──ドクンッ。

　心臓が嫌な音を立てて跳ねる。

「あっ……」

　おそるおそる屋上の入り口を見ると、あの男……藤枝孝がそこにいた。

だけど、いつもの余裕そうな笑みはなく、あたしをにらみつけている。

「っ……どうして、ここに……？」

　あたしは１歩後ずさった。

　まさか、またお母さんの病室に……？

「やめてっ……お母さんになにかしたの!?」

　どうしよう、どうしよう!!

　バクバクと鳴りだす心臓を服の上から押さえる。

「お前の母親……なんで正気に戻ってる？　お前も……あの死んだ目はどうした!?」

「なに……言ってるの……？」

　やっぱり、お母さんに会ったってことだ。

　お母さんは無事なの!?

　藤枝孝の言っている意味がわからない……ううん、知りたくない。

　理不尽すぎる。

　この男は、ただあたしやお母さんを傷つけたいだけ。

　それだけで、いろんな人を巻きこんで、傷つけて……。

　怒りで、ガタガタと体が震えだす。

　それに気づいた渚くんはあたしを押しのけて背中にかばうと、藤枝孝から見えないようにした。

「そもそも、あんたが壊せるような繋がりじゃなかったんだ、穂叶ちゃんとお母さんは」

　渚くんは藤枝孝を見すえて、そう言った。

　その言葉に、男の表情がさらに険しくなる。

涙のむこうで、君と永遠の恋をする。 ≫ 283

「部外者になにがわかる!!　ガキが!!」

「部外者はお前だろ!!　穂叶ちゃんをこれ以上、傷つける
なよ!!」

　渚くんは、あたしを心ない言葉から守るように抱きしめ
る。

　それが、どんなものからも守ろうとしてくれているよう
で、泣きたくなるくらいうれしい。

　いつからこの腕を、手を、声を……この人を、自分の居
場所だと思うようになったんだろう。

「帰るぞ、穂叶。母親も一緒にな!!」

　帰る……帰るってどこに……?

　あたしの帰る場所は、こんな男のところじゃない。

　あたしを大切に思ってくれる人たち……それから、あた
しが大切にしたいと思う人たちのところだ。

「あたしは……っ」

　震える声と体。

　藤枝孝という男は、あたしにとって世界で一番怖い存在。

　忘れられない、暗い過去の象徴。

「穂叶ちゃん……大丈夫」

　渚くんがそっとあたしの背をなでた。

　そうだ、あたしには渚くんがいる。

　だから……だから、もう踏みださなきゃ。

　あたしはゆっくりと目を閉じて、そして深呼吸をする。

　もう、弱いままの自分でいたくない。

　渚くんのように、優しくて強い人になりたいから。

「あなたとは帰らないっ……」

「俺に、歯向かうのか……？」

　男に余裕はまったくない。

　鋭い眼光が、あたしに突き刺さる。

　それでも、必死に足に力を入れた。

　精いっぱい声を張った。

「あたしは、お母さんと渚くんと、みんなと一緒にいる。ここが、あたしの帰る場所だから！」

「穂叶ちゃん……。そうだよ、穂叶ちゃんの帰る場所は、ここだ」

　渚くんが、励ますようにあたしに笑いかけてくれる。

　それが、どんなに心強かったか……渚くんは気づいていないだろう。

　あたしはそっと渚くんから離れて、藤枝孝の前に立つ。

「あなたとの出会いが、もっとちがっていたら……」

　お父さんはもう、お母さんのところへも、あたしのところへも帰ってこない。

　だからこそ、この男には、もっとちがう形……新しい家族としてあたしたちを見てほしかった。

　お母さんを本気で愛して、そばで支えてほしかった。

「家族になれていたかもしれない。血の繋がりがなくても、一緒に幸せになる未来があったのかもしれないね……」

「そんな目で俺を見るな!!」

　あたしはこの男を見ていて、少し悲しくなった。

　たぶん、この男は知らないんだ。

涙のむこうで、君と永遠の恋をする。 》》 285

　人に優しくしたり、人を愛したり……こんなに尊くて、
温かい感情を知らないんだ。
「かわいそうな人……」
「もう二度と、しゃべれないようにしてやる!!」
　逆鱗に触れたのか、藤枝孝は怒りのままにあたしに飛び
かかろうとする。
　それを、なぜか静かな気持ちで見つめていた。
　あたしには、もう怖いものなんてない。
「お前たちも俺と同じだろう!!」
　叫びながら襲いかかろうと走ってくる藤枝孝が、スロー
モーションのようにゆっくりに見える。
　……あたしは、あなたとはちがう。
　家族がまた、あたしを見つめてくれる。
　大切な友達がそばにいて支えてくれる。
　好きな人が、あたしを好きでいてくれる。
「お前が死ねぇ──!!」
　キラリと、銀色に光るモノが視界の端に映る。
「あっ……」
　逃げなきゃ……っ。
　だけど、不思議。
　死ぬことが怖いというより……。
　男を見れば、あたしにナイフを振りかざしている姿が見
える。
　あたしがなにより怖かったのは……。
　死ぬことよりも、目には見えない人の心だ。

体への痛みより、あきらかに自分に向けられる憎しみや、
蔑み……偏見が怖かった。

　いつでも誰かの目が、声が怖かった。

　あたしを……誰もが責めているようで、生きていてはい
けないような気がして怖かった。

　だけど今は……心が満ちている。

　今のあたしに、なんの恐怖があるというのだろう。

　そんな強さをくれた渚くんのことを守りたい。

　あたしの重荷を一緒に背負うって言ってくれた、大切な
人を……。

「渚くん!!」

　……守りたいんだ!!

　あたしは、渚くんを背中にかばうように前へ出た。

「穂叶ちゃん!!」

「っ……」

　強く、うしろから腕を引かれる。

　──シュンッ!!

「あっ!!」

　体が大きくうしろへ傾き、腹部めがけて向かってきたナ
イフから、間一髪で逃げることができた。

　渚くんが手を引いてくれなければ、あたしは切られてい
たかも……。

　心臓がバクバクと鳴っていることに気づく。

　自分で気づかないうちに、すごく緊張していたみたい
だった。

「てめぇ、ふざけるなっ」

　すると、あたしを助けた渚くんに向けて、藤枝孝が狂ったようにナイフを振りまわす。

　不規則な動きに、よけきれなかった渚くんの頬をナイフがかすめた。

「ぐっ……」

「な……渚くんっ!!」

　うしろに数歩よろけた渚くんを支えるように、震える手で腕に触れる。

　渚くんが切られたっ。

　胸が痛い……。

　ごめんね、渚くんっ。

「大丈夫……ちょっと頬が切れただけ。だから、泣きそうな顔しないで？」

　渚くんは、あやすようにあたしの頭をなでた。

　渚くん、頬から血が出てる。

　自分の方が痛いはずなのに……気遣ってくれて。

　どこまでも優しいんだ。

「っ……うん、ありがとうっ」

　ごめんねとは言わない。

　渚くんはあたしの過去も一緒に背負ってくれているから。

　もう、他人じゃないから。

「お巡りさん、こっちだ!!」

「あの男だ!!」

そのとき、屋上の入り口に誰かが現れた。

「琢磨くんに……優真くん!?」

　そして、そのうしろから警察官が何人か出てきて、いっせいに藤枝孝へと駆けよった。

「は、離せぇぇぇー!!」

「藤枝孝、もう逃げられると思うなよ」

　警察官に押さえられた藤枝孝は、地べたに這いつくばりながらあたしを見あげた。

「忘れるな!!　お前たちは逃げられないぞ!!」

「っ……」

　いつだったか……。

　この男は、同じ言葉をあたしとお母さんに向けて言った。

『忘れるなよ、お前なんていつでも殺せる』

　それに、ずっとずっと怯えて生きてきた。

　だけどこの男は、あたしとお母さんと同じ気持ちだったんじゃないかと、今になって思う。

「わかった、忘れないでいる……」

「なっ……に、を……」

　あたしの一言に、藤枝孝は信じられないと言わんばかりに目を見開いてあたしを見あげた。

「穂叶ちゃん……？」

　その言葉に、あたしを抱きしめる渚くんの声も、動揺しているのがわかった。

　ただ、なんとなく……。

　この男とは、こんな形でしか関わることができなかった

けれど……。

　あたしはお母さんに、お母さんはお父さんに、この男は自分以外の誰かに、愛されたかったのかもしれない。

　そんな風に思うんだ。

「あなたのしたことはっ……絶対に許せない」

　それは、絶対に許せない。

　あたしとお母さんを苦しめ、傷つけた。

　今でも、その傷と闘ってるんだから。

「ハッ、だから忘れないで、俺に復讐するのか……」

　男の自嘲するような笑みに、あたしは静かに首を横に振った。

　すると、男は怪訝そうな顔をしてあたしを見つめる。

　お母さんに、忘れてもいいよって言ったとき、本当は忘れられるのが、いなかったことにされるのが、悲しくて怖くてたまらなかった。

「忘れられるって……悲しいから……」

　お母さんに忘れられてしまったときは辛くて、どうにかなりそうだった。

　まるで、生まれてきたことを否定されているみたいだった。

「っ!!」

　男は、あたしを見つめて言葉を失っている。

　あたしは、ただ無性に胸が切なかった。

　苦しい時間しか与えられなくても、血の繋がりがなくても、ひとつ屋根の下で暮らしてきた。

ただの他人と呼ぶには、繋がりが深すぎる。

　だから、いつか藤枝孝にも本当の意味で家族と呼べる人が現れるといい。

　傷つけるんじゃなくて、無条件に愛せる誰かを見つけてほしい。

「だから、今度は幸せになってほしい。自分から手に入れたつながりを壊さないで、大切にしてほしい」

　この人にどんな過去があって、こんな非道な人になってしまったのかはわからないけど……。

　どんなに闇の中にいたとしても、そこから救いあげてくれる人が必ずいる。

　こんな人にも、大切に思ってくれる誰かはいるはずだから。

　あたしにとって、それが渚くんだったように……。

「16時25分、傷害罪で現行犯逮捕!!」

「っ……」

　藤枝孝は、それから一言もしゃべらずに警察に連行された。

　それを見送り、姿が見えなくなったとたん、膝から崩れ落ちる。

「穂叶ちゃん!!」

　それをとっさに、渚くんが抱きとめてくれた。

　あたしは渚くんに体を預けながら、夕暮れの空を見あげる。

「終わった……のかな……」

「……うん。がんばったね、穂叶ちゃん……」

渚くんはあたしをうしろから抱きしめて、そっと頭をなでてくれる。

「あぁ……もう、もう……」

あの男の影に、過去に、愛されない孤独に怯えなくていいんだ。

あたしは……ただ息をするために生きるんじゃない。

幸せを探して、見つけて、幸せになるために生きるんだ。

心に築きあげた檻はもうない。

その外の世界を、もう怖いとは思わない。

「自由だ……」

あたしは、夕空を見あげてそう言った。

やっと手に入れた自由を噛みしめる。

とたんにじわりと涙が溢れて、夕空が歪んで見えた。

ツウゥゥ……。

頬を伝う涙に、あたしは微笑んだ。

こんなに、空は綺麗だっただろうか。

こんなに、風は優しく吹いていただろうか。

「渚くん……」

振り返ると、渚くんは夕暮れに照らされていて、あたしを見つめて優しく微笑んでくれた。

「あたしも……渚くんのそばにいたい」

「っ!!」

あたしは、さっき伝えられなかった想いを口にする。

すると、渚くんは驚いたようにあたしを見つめて、すぐ

にフワリと微笑んだ。

　それはあの、あたしの好きな花のような微笑みだ。

「そばにいて、俺の大好きな人」

　渚くんの手が、そっとあたしの頬をなでる。

　それは、暖かく包むような、それでいて儚い秋風のよう
だった。

「あたしを……救ってくれてありがとう。大好きだよ、渚
くん」

　君と出会えてよかった。

　渚くんは、あたしの運命の人だ。

「穂叶ちゃん、触れてもいいかな……」

　渚くんの指が、乞うようにあたしの唇に触れる。

　気を利かせてくれたのか、琢磨くんや優真くんの姿は見
えなかった。

　あたしは、そっと静かにうなずく。

「あたしも……渚くんにもっと近づきたい」

　離れていた時間は短いけど、もう何年も離れていたかの
ようなさびしさだった。

　あたしの顔にかかる渚くんの吐息に、自然と瞳を閉じる。

　触れ合う唇に、あたしはこっそりと涙をひとしずく流し
た。

　探していた幸せを、やっと見つけた。

　あたしの幸せは、渚くんのそばにある。

　大好きです、渚くん。

　あたしの心を、人生を変えてくれた人……。

涙のむこうで、君と永遠の恋をする。 >> 293

その涙に触れさせて

【穂叶side】

　藤枝孝が警察に捕まった日から1週間後、あたしは学校に復帰した。

　昼休み、あたしはみんなに疑問に思ったことを尋ねる。

「梨子も、優真くんも琢磨くんも、どうして病院にいたの？」

　あのあと病室に戻ると、看護師さんからは、「ご飯も食べられてないのに、無茶しないでください」と注意されてしまった。

　いろんな重荷がなくなったからか、体調は回復して、東先生のお墨付きをもらい、退院することができた。

　今では、すっかり体の調子もいい。

　悪夢を見たり、虐待のニュースを見て動悸がしたり、気持ち悪くなったりすることはあるけれど……前よりだいぶよくなった。

　PTSDの症状も、少しずつよくなっているのかもしれない。

「渚が、穂叶ちゃんのことを助けたいって言ったんだぜ」

「僕たち、穂叶ちゃんのことを助けるために、いろいろ作戦を立ててたんだ」

　琢磨くんと優真くんがそう言って得意げに笑う。

「穂叶と穂叶のお母さんが同じ病院にいたら、あの男が絶対接触しようとするだろうから、警察に見ててもらうよう

に、渚がおばあちゃんとお願いしにいったのよ」

「ほら、俺はあの男に前にカッターで切られてるし、俺が言えば警察も動くかなって」

　梨子と渚くんが説明してくれる。

　あたしの知らないところで、みんなが動いてくれていたんだ……。

「僕たちは警察の人と病院前にいたんだけど、心配になって琢磨とふたりでお母さんの部屋に行ったんだ。そしたら、病室に残ってた梨子がひとりで藤枝に対峙してて……」

「えっ、梨子が!?」

　藤枝孝は、お母さんに会ったって言ってた。

　でもまさか、梨子が危険な目にあってたなんて……。

　申しわけなさと、梨子を失ってたらという恐怖に、泣きたくなった。

「大丈夫よ、あたし強いし」

　梨子……そういう問題じゃない。

　いくら剣道をやってるからって、梨子は女の子なんだよ?

「たしかに、あの状況で点滴棒かまえるあたり、肝すわってるよな」

「うるさいわね、結果よければすべてよしじゃない!」

「よくねーよ、バカ!　お前、女なんだから、無茶すんなって!　……俺の心臓止める気かっ!?」

　琢磨くん……。

　そっか、梨子のこと……心臓止まっちゃうくらい大切な

涙のむこうで、君と永遠の恋をする。 ≫ 295

んだ。

「た、琢磨……」

「わかったか、お転婆！」

「わ、わかりました……」

　顔を赤くしている梨子に、あたしはクスッと笑った。

　いつもお姉さんみたいな梨子が、琢磨くんの前では女の子になる。

　梨子をお転婆呼ばわりできるのは、後にも先にも琢磨くんだけなんだろうな。

　親友にも春がやってきたことが、自分のことのようにうれしかった。

「それで、琢磨が梨子についてる中、僕が急いで警察を呼びにいったんだけど……」

「藤枝の野郎、警察を呼びにいったのがわかって、あわてて部屋から飛び出してったんだよ」

「そのあとに僕が戻ってきて、梨子にお母さんを頼んで、僕たちも屋上に向かったってわけ」

「藤枝が屋上の方へ走っていくのは見えてたからな」

　みんな……。

　危険な目にあうのはわかってたはずなのに、助けてくれたんだ。

　それが、すごくうれしい……。

「でも、駆けつけたら渚が切られてて……ちょっと遅かったね、ごめん」

　しょんぼりしている優真くんに、渚くんは首を横に振る。

「みんなが、今日のために協力してくれたから、俺は頰を切られるだけで済んだんだよ。ありがとな、みんな」

　本当に、みんなが無事でよかった。

　感謝で、胸がいっぱいになる。

「みんな、本当にありがとう」

　あたしは、みんなに頭をさげた。

　本当に、あたしは……友達に恵まれている。

　きっと、ひとりでは乗りきれなかった。

　みんながいなかったら、藤枝に殺されていたかもしれない。

　みんなは命の恩人だよ。

「あ、篠崎、復帰したんだな!!」

　すると、クラスメイトの男子があたしに近づいてきた。

　あっ……まだあたしっ……。

　完全に男の人への恐怖心が消えたわけじゃないから、体がビクつく。

「おい、勝手に話しかけるなよ」

「穂叶ちゃんと話したいなら、僕たちを通してもらわないと」

　すると、琢磨くんと優真くんが間に入って、男子にすごんで見せる。

「お、おう……なんか悪かったな」

　ふたりに圧倒されて、男子はあたしに謝ると席に戻ってしまった。

　少しやりすぎだけど、ふたりはあたしを守ろうとしてく

涙のむこうで、君と永遠の恋をする。 》》 297

れたんだよね。

　その気遣いがうれしかった。

「ふたりとも、ありがとう」

　そう言って笑えば……。

「俺たち、仲間だろ！」

「僕たちの先生……のまちがいじゃ？」

　琢磨の言葉に、優真くんが首を傾げる。

　先生って……。

「ふふっ」

　きっと、英語の先生ってことだよね。

　ふたりのためなら、恩返しの意味もこめて、テストはサポートしてあげよう。

「あたしは、いつでも親友よ」

　梨子があたしの手を握って笑みを向けてくれる。

「俺は……もちろん、好きな人だから……さ」

「ノロケるなよなー、渚!!」

　からかう琢磨くんに、照れながらもはにかむ渚くんを見ていたら、あたしまで照れてしまった。

　そんな渚くんの髪の毛を、琢磨くんがガシガシとかきまわす。

「おい、琢磨!!」

「渚、僕もいるのを忘れてない？」

　暴れる渚くんに、優真くんが襲いかかる。

　そして、今度は梨子が渚くんの前髪を可愛らしくゴムで結んでいた。

「梨子ちゃんまで……？」

「渚、からかいがいがあるのよ」

　涙目の渚くんの前髪は、動くたびにヒョコヒョコと揺れて可愛らしい。

「ふふっ……あはは！」

　それがなんだかおかしくて、あたしはつい大声で笑ってしまった。

　本当に……この場所に戻ってこられたんだな。

　そう実感して、あたしは心から笑うことができた。

　そんなあたしの顔を、みんなが温かい笑顔で見つめる。

「穂叶ちゃん、すっごく可愛い」

　みんなに見守られる中、渚くんがあたしの顔を見てうれしそうに微笑んだ。

　その笑顔に、あたしはまた照れながらも、精いっぱい笑顔を返す。

　それが、みんなへの最大級の恩返しに思えたから。

＊　＊　＊

　それから2ヶ月後。

　放課後、窓から差しこむ夕日の中、あたしはいつかのように掃除当番の渚くんを教室で待っていた。

「前に、渚くんに言われたこと、あったな……」

『前に、窓から夕日を見ていることがあったよね』

　それは、あたしが渚くんと出会って間もない頃。

『穂叶ちゃんは、なにを見てたの？』

　そう言った渚くんに、あたしは……。

　『夕日を……見てたわけじゃないんだ』って言ったんだっけ。

　あたしは窓枠に手をかけて、開いている窓から空を見あげた。

　フワリと吹く風が髪を揺らし、あたしはその心地よさにまぶたを閉じた。

　あのときは、早く感情がなくなればいい、死ねたらいいのに……そんなことばかり考えていた。

　あれから、お母さんとは家族としてもう一度、一緒に歩みだした。

　うれしいことに、この２ヶ月でどんどん精神状態も落ちついて、お母さんも退院することができたのだ。

　今は、おばあちゃんとお母さんの３人で一緒に暮らしている。

　本当に毎日が幸せなんだ。

　あたしは、今までなら考えられなかった、これからの自分の未来について考えている。

　止まったままの時間が、渚くんと出会ってから動きだしたんだ。

「穂叶ちゃん、ごめんね。待たせた？」

　大好きな人の声に目を開けると、あたしは振り返った。

　走ってきたのか、渚くんの呼吸は少し弾んでいる。

「ううん、待ってる時間も楽しかったから」

「え？」

「渚くんのこと、待ってる時間も幸せだなぁって……」

　正直な気持ちを伝えると、渚くんは照れているのか、顔が赤くなった。

「穂叶ちゃん、俺、今すぐ穂叶ちゃんを抱きしめたいんだけど、いいですか？」

「へっ？」

　渚くんのまっすぐな瞳に、あたしはたじたじになる。

　すると、あたしの返事を待たずに、渚くんは歩みよってきた。

「ごめん、待てないや……」

「な、渚くん……っ」

　渚くんは、ギュッとあたしを抱きしめる。

　そして、頬をすり寄せた。

「どうしよう、穂叶ちゃん……」

「う、うん？」

　あたしは、切なそうな渚くんの声に首を傾げる。

　すると、渚くんは困ったように笑って、あたしを見つめた。

「俺、穂叶ちゃんが好きすぎて死にそう」

「そ、それは……」

　あたしも、あたしも渚くんが好きすぎて死にそう。

　そっと渚くんの両頬に手を伸ばしてみる。

「穂叶ちゃん……っ？」

　そんなあたしの行動に動揺する渚くんに、そっと微笑む。

「今まで、幸せなんて手の届かないモノだって思ってた」

　話しだすあたしを、そっと見守ってくれる渚くん。

　それに甘えて、あたしは話し続けた。

「でも今は……あたし、すごく幸せだなって、感じる」

　本当に辛くて、毎日ただ生きることに必死だった。

　渚くんと出会わなければ、今もきっと……あのなにもない、地獄のような毎日を過ごしていたかもしれない。

「それでね、やっと見つけたんだ……」

「見つけた……？」

「うん、あたしの幸せ」

　未来について考えるとき、幸せになりたい……そう思ったら、いつもたどり着く答えがある。

　不思議そうな顔をする渚くんに、あたしは強くうなずいてみせた。

「渚くんがあたしにくれた、たくさんの幸せを、今度はあたしが渚くんに返したい」

「穂叶ちゃん……」

　あぁ、なんでだろう。

　すごくすごく幸せなのに、ちょっと泣きそう……。

「だから、あたしが渚くんを幸せにできるようになるまで、そばに……」

「穂叶ちゃん、俺はもう幸せなんだ」

　渚くんは、頬を包むあたしの手に、自分の手を重ねる。

　手が、とたんに温かくなった。

「穂叶ちゃんがそばにいてくれたら、俺はどこにいても、

いつだって幸せだよ。これからは、ふたりで幸せになろう。
ずっと一緒にいよう？」

「渚く……っ」

　つい、こぼしてしまった涙を、渚くんがそっと指で拭っ
てくれる。

　これは、なにかに怯えて流す涙じゃない……。

　幸せすぎて流れる涙だ。

　こういう涙もあるんだね……。

「穂叶ちゃんの涙に触れるのも、辛いときにこうして抱き
しめるのも、俺だけにさせて……」

「渚くん以外なんて、考えられないよ……」

　あたしはずっと、鍵のない檻の中にいた。

　その檻は、今ではもう粉々に砕けて、足もとに星屑のよ
うにキラキラと散らばっている。

　もう外へも出られる。

　渚くんが手を引いてくれたから。

　もう、この檻の外を恐ろしいとは思わない。

　この道の先には、渚くんと一緒に歩む未来があるから。

「好き、渚くん……」

「俺も……穂叶ちゃんが世界で一番大好きだよ」

　君と目が合うたび。

　君が名前を呼ぶたび。

　君があたしに触れるたびに気づくんだ。

　あたしは、世界で一番幸せなんだって……。

　苦しくて、暗くて地獄のような日々。

どこへ向かって歩いているのかもわからずに、ただ生きてきた。

　でも……もうきっと、見失わない。

　ふと、前に渚くんに言われた言葉を思い出す。

『……死なせない。生きてる方が楽しいって、言わせてみせるよ』

　あたし、今なら胸を張って言えるよ。

　生きてる方がずっと楽しいって。

　そう思えるのは、渚くんが隣にいてくれるから。

「穂叶ちゃん、帰ろっか！」

　差し出された手を、迷わず取った。

　この手が離れることは二度とない。

　もしこの先に、今まで以上の困難が待ちうけていたとしても、大丈夫。

　辛いとき、苦しいときは一緒に乗りこえるよ。

　もちろん、楽しいとき、うれしいときは全部渚くんと分かち合いたい。

「うん!!」

「はは！　めっちゃ、いい笑顔！」

　この笑顔をずっと見ていたいから。

　だから、これから一緒に生きていこうね。

　　　　　　　　　　　　　　　　◇END◇

文庫限定

番外編

桜色の初恋のゆくえ

【穂叶side】

　4月、また桜が舞い散る春がやってきた。

　あたしたちは、ついに最終学年の3年生になった。

　クラス替えがあり、みんなと離れるのがさびしくて仕方なかった、つい数日前の始業式を思い出す。

　でも、その心配は杞憂に終わって、みんなまた同じクラスになるという奇跡が起きたのだ。

「春っていっても、まだ冷えるね」

「本当だね、まだ肌寒いかも……」

　今日は、学校がお休みの土曜日。

　渚くんと一緒に、桜が有名なお花見スポットに来ていた。

　いわゆるデートというやつ。

　はじめてじゃないのに、毎回はずかしくて仕方なくなる。

　今日も服装を決めるのに、「これだと気合い入れすぎ？」、「普段着より女の子らしくしないと」などと、2時間ほど脳内会議をしたくらいだ。

　そして落ちついたのが、この白シャツワンピースに、淡いピンクのストール。

　格好については、渚くんからはまだ一言もコメントをもらっていないけど……。

　渚くんなら、あたしがどんな服を着ても、「似合ってるよ」って笑顔で受けとめてくれるんだろうな。

「穂叶ちゃん、レジャーシート敷いちゃうから、少しさがってて」

「あ、あたしも手伝うよ！」

「いーのいーの、これくらい俺にまかせて。せっかく、その……可愛い格好なんだし！」

「あっ……ありがとう」

　服装、ほめられた……すごく、うれしい。

　渚くんの一言って、魔法みたいにあたしを幸せにしちゃうんだ。

　それに、やっぱり渚くんは紳士だ。

　いつも、スマートにあたしを助けてくれる。

　渚くんの今日の服装は、ブルーのカラーコートに、パーカーを重ね着して、白のシャツと黒のスキニーパンツで、オシャレにキメていた。

　可愛らしい顔立ちなのに、あたしにとってはどこから見てもカッコいい男の人に見える。

　そんな素敵な人があたしの彼氏なんて、今でも不思議なくらいだ。

「えーと、この下に新聞紙を敷いて……」

「え、新聞紙？」

　地面に新聞紙を敷いて、その上にレジャーシートをかぶせる渚くんに、あたしは首を傾げた。

　渚くんは、なにをしてるんだろう？

「あぁこれね、そのまま地面に座ると寒いから、こうやって新聞紙を敷くと、体が冷えないんだって」

「へぇ……渚くんって、物知りなんだね」

「あ、いや……」

　そう言って笑うと、渚くんは苦笑いを浮かべる。

　あれ、どうして苦笑い?

　不思議に思って顔をのぞきこむと、渚くんは照れたように頬を赤くした。

「じつは……はずかしいんだけど、花見の仕方、ネットで調べたんだ」

「えっ……」

　まさか、渚くんが今日のお花見デートのために、ネットで調べてくれてたなんて……。

　うれしすぎて、肌寒さも飛んでいくくらいに、ポカポカと心が温かくなる。

「すごくうれしい……渚くん、ありがとう」

　今だけの話じゃない。

　今までのこと、あたしやお母さんの心を救ってくれたこともすべて含めて、渚くんには本当に心から感謝してる。

「穂叶ちゃんのその笑顔が見られるなら、いくらでもがんばりますよ」

　突然敬語になる渚くんに、あたしは噴きだす。

　これは、渚くんの照れかくしなのだと最近知った。

「あのね、あたしも渚くんになにかしたくて……」

「え?」

　じつは、日頃の感謝をこめて、渚くんに作ってきたものがある。

文庫限定＊番外編 >> 309

　お口に合うかは、わからないけど……。

　おばあちゃんにも味見してもらったから、味の保証はで
きる……と思う。

「その、手作りお弁当を……」

「え!!　本当に!?」

　あたしが言いおわるより先に、渚くんが声をあげた。

　その目は、キラキラと輝いている。

　わぁ……すごく、期待に満ちた目だっ。

　なんだか、緊張してきちゃったな……。

「ヤバイ……本当に、本気でうれしいっ」

「そ、それはよかった……でも、そんなに期待されると、
その……」

「よし、今すぐ食べよう!!」

　うう、渚くん聞いてないよ……。

　先にレジャーシートに座って、あたしを手招く渚くんの
隣に腰をおろすと、カバンからお弁当箱を取り出す。

　そして、あたしはおそるおそる、お弁当箱を開けた。

　とりあえず、彼氏に作るお弁当ランキング上位である唐
揚げ、ハンバーグ、卵焼きにミニトマトとブロッコリーを
添えたものにしてみた。

　もちろん、渚くんと同じでインターネットで調べたラン
キングだ。

　あたしと渚くんって、こういうところ似てるのかもしれ
ない。

　ど、どうだろう……。

見た目は、いいと思うんだけど……。

　反応をうかがうように、チラリと視線を向けると……。

「うわぁ〜、すごい!!　穂叶ちゃん、天才だよっ」

　どうやら気に入ってくれたのか、渚くんは手放しでほめてくれた。

　それに背中を押されて、あたしはおにぎりも取り出す。

「あの、おにぎりも……」

　たくさん握った中でも、うまく握れたものだけを厳選して持ってきたおにぎりを差し出した。

　それを渚くんは感動したように両手で受け取る。

「うわー、うれしすぎて食べるのもったいない!」

　朝からがんばって作ったかいがあった!

　渚くんに喜んでもらえてよかった〜。

「いっぱいあるから、食べてくれるとうれしいな」

「うん!　いただきます!」

　そう言って、唐揚げを一口で食べると、すぐにおにぎりにかぶりついた。

　やっぱり男の子だなぁ……。

　その食べっぷりに微笑んでいると、渚くんは笑う。

「めっちゃうまい!」

「ふふっ、ありがとう。あ、お茶もどうぞ」

「ん、ぷはっ……お茶まで用意してるとか、穂叶ちゃんは絶対いいお嫁さんになるよなー」

「およっ……!?」

　お嫁さんなんてそんな、まだあたしには早いよ……。

それに、これじゃあまだまだ渚くんのパートナーになるには力不足。

　もっと渚くんにふさわしいお嫁さんに……って、あたしはなにを想像してるんだろう。

　顔に熱が集まって、あたしはうつむいた。

「あれ、穂叶ちゃん、どうしたの？　顔赤い……？」

「っ……渚くんのお嫁さんに、どうしたらなれるかなって考えてたら、はずかしくなっちゃって……」

「え!?　や、あの……そんなの、考えなくたってなれるし!!」

　顔を赤くしながらあわてだす渚くんに、あたしは顔をあげる。

　すると、渚くんの真剣な瞳と目が合った。

「俺、たとえ穂叶ちゃんが料理できなかったとしても、穂叶ちゃん以外の女の子と結婚する気なんてないから」

「へ？」

「どんな過去があったとしても、その過去も含めて穂叶ちゃんが好きだ」

「っ……渚くん……ありがとう」

　それは、あたしが一番欲しい言葉だった。

　あたしが、過去にどんなモノを背負っていたとしても、渚くんはきっと受け入れてくれる。

　そして、この先もその過去に怯えることがあったとしても、抱きしめて守ってくれるんだと思う。

　それに、渚くんといると、どんなあたしでもいいんだって思わせてくれる。

ありのままのあたしを、好きでいてくれるから。
「あの……さ、穂叶ちゃんに触れてもいい？」
「あ……」
　渚くんはいつもこうして、あたしに触れるための許可を
取る。
　それは、あたしがまだ男の人を怖がっているからだとわ
かった。
　あたしは、渚くん相手に恐怖なんてないのに……。
「……あたしも、触れたい……」
「えっ……」
　だから、あたしはふい打ちで渚くんの頬にキスをした。
　すると、渚くんは頬を押さえて、驚いたようにあたしを
見つめる。
「ふふっ、渚くんは世界一あたしを安心させてくれる。だ
から……だから、もう怖くなんてないよ」
「あっ……ははっ、そっか！」
　すると、なんだか泣きそうに笑って、渚くんは微笑む。
　あぁ、あたしの幸せは……渚くんの隣にあるんだなぁ。
　渚くんのうれしそうな顔を見ると、あたしは溢れそうな
ほどの幸せを感じるんだ。
「あぁ、やっぱり穂叶ちゃんは桜みたいだな……」
「え……？」
　桜みたいって……たしか、前にも言われたな。
　どうして、渚くんはあたしを桜みたいだなんて言うんだ
ろう。

文庫限定＊番外編　313

「出会った頃の穂叶ちゃんは、捕まえておかないと、どこかにさらわれちゃいそうで、不安だったんだけど……」
　渚くんは、あたしの頬に手をすべらせる。
「それじゃあ、今は……？」
「今は……桜の花びらと一緒に春を連れてくるみたいに、穂叶ちゃんを想うと愛しいって、思うよ。それで、俺を幸せにしてくれるんだ」
　満開の桜のように、渚くんは笑った。
　あぁ……それは、渚くんの方だよ。
　だって、渚くんの存在が、孤独だったあたしに春を連れてきてくれた。
　頬に触れる手とは反対の手が、あたしの手を握る。
「穂叶ちゃん、大好き……」
「あたしも……渚くんが大好き……」
　そして、吐息が唇をなでると、あたしはそっと瞳を閉じた。
　ハラハラと舞い散る桜の雪が、あたしたちに降りそそぐ。
　ふたり、はじめて出会った日にも咲いていただろう桜が咲く季節は、あたしたちにとって特別な季節だ。
　何年、何十年たっても……。
　あたしは渚くんとこうして春の桜を、桜の木々の向こうにすける青空を、ふたりで見あげているんだろう。
　君と永遠の恋をするんだ。
　そんな未来を信じて、その唇の温もりに身をまかせる。

あのね、渚くん。

　あたし、渚くんに伝えたいことがたくさんあるんだ。

"ありがとう"

"大好き"

"そばにいて"

　……渚くんと出会って恋をして、どんどん溢れてくる想いは……。

『楽しいとか、うれしいって思える瞬間を、見つけてあげたい』

『俺の……その、一生をかけて、そのお手伝いを……させてくれませんか!?』

　前に渚くんがくれた言葉を引用するとしたら……。

　どんなに渚くんが好きなのか、一生をかけて、君に伝えさせてください。

　だから、これからもずっとそばにいようね、渚くん。

　　　　　　　　　　　　　　　　番外編・END

あとがき

はじめましての方も、前作を読んでくださった方も、こんにちは。涙鳴です！

このたびは『涙のむこうで、君と永遠の恋をする。』を最後まで読んでくださり、本当にありがとうございました。こうして3作目の文庫本が出せるのも、読者様の応援のおかげです。

文庫版では、野いちごのサイト版よりもたくさんエピソードが増えて、キャラの個性も出せたかなと思います。個人的には魚住双子がお気に入りで、会話を読者様に楽しんでもらえるように書いていたら、いつの間にか毎回コントみたいになってしまいました（笑）。双子のボケに渚か梨子がツッコミ、穂叶は温か～い目で見守る、というのが彼らのお決まりになっています。

また、梨子と琢磨の恋愛もちょっぴり描きました。主人公とヒーロー以外の恋愛模様を取り入れたのははじめてで、優真にも誰かいい人がいたらなぁなんて、お母さん目線で楽しく書いていました！

今作はPTSDという心の病気をテーマに書きましたが、サイトの感想の中に、同じような悩みを抱えている方のコメントがありました。そんな方たちにも渚のような優しい

あとがき **»» 317**

　誰かが現れて、少しずつ傷が癒えていきますようにと、願いをこめて書かせていただきました。

　穂叶も完全に完治したわけではありませんが、渚や、渚が繋いだ人たち……琢磨や優真、梨子やおばあちゃん、お母さんと一緒に、これから時間をかけて前に進んでいくのだと信じています。

　辛い記憶も悲しい記憶も、決して消えるものではないですが、苦しい思いをしたからこそ、誰よりも人に優しくなれるのだと思います。

　だから、その過去をどうか否定せずに、それも含めて大好きだよって自分を褒めてあげてほしいと思います。

　最後に、ここまで穂叶と渚の恋を見届けてくださり、本当にありがとうございました！　ふたりを書いていて楽しいながらもときどき考えさせられたり、またひとつ成長できたかなと思います。

　この作品を応援してくださった読者様、いつもたくさんの刺激をくださる担当の渡辺さん、スターツ出版の皆さま、関わってくださったすべての方にたくさんの感謝を！

　多くの人に支えられながらこの本を読者様に届けられたことを、うれしく思います！

　それでは皆さま、お元気でお過ごしくださいね。また文庫本を通してお会いできる日を願っています！

2017.04.25　涙鳴

この物語はフィクションです。
実在の人物、団体等とは一切関係がありません。

涙鳴先生への
ファンレターのあて先

〒104-0031
東京都中央区京橋1-3-1
八重洲口大栄ビル7F

スターツ出版（株）書籍編集部 気付

涙鳴先生

KEITAI
SHOUSETSU
BUNKO
野いちご SINCE 2009

涙のむこうで、君と永遠の恋をする。

2017年4月25日　初版第1刷発行

著　者　涙鳴
　　　　©Ruina 2017

発行人　松島滋

デザイン　カバー　平林亜紀（micro fish）
　　　　　フォーマット　黒門ビリー＆フラミンゴスタジオ

ＤＴＰ　朝日メディアインターナショナル株式会社

編　集　渡辺絵里奈

発行所　スターツ出版株式会社
　　　　〒104-0031 東京都中央区京橋1-3-1　八重洲口大栄ビル7F
　　　　ＴＥＬ　販売部03-6202-0386（ご注文等に関するお問い合わせ）
　　　　http://starts-pub.jp/

印刷所　共同印刷株式会社
Printed in Japan

乱丁・落丁などの不良品はお取替えいたします。上記販売部までお問い合わせください。
本書を無断で複写することは、著作権法により禁じられています。
定価はカバーに記載されています。

ISBN 978-4-8137-0241-2　C0193

ケータイ小説文庫　2017年4月発売

『漆黒の闇に、偽りの華を』ひなたさくら・著

ある人を助けるために、暴走族・煌龍に潜入した茉弘。そこで出会ったのは、優しくてイケメンだけどケンカの時には豹変する総長の恭。最初は反発するものの、彼や仲間に家族のように迎えられ、茉弘は心を開いていく。しかし、茉弘が煌龍の敵である鷹牙から来たということがバレてしまって…。

ISBN978-4-8137-0238-2
定価：本体640円＋税

ピンクレーベル

『好きなんだからしょうがないだろ？』言ノ葉リン・著

三葉は遠くの高校を受験し、入学と同時にひとり暮らしを始めた。ある日、隣の部屋に引っ越してきたのは、ある出来事をきっかけに距離をおいた、幼なじみの玲央。しかも彼、同じ高校に通っているらしい！　昔抱いていた恋心を封印し、玲央を避けようとするけれど、彼はどんどん近づいてきて…。

ISBN978-4-8137-0239-9
定価：本体590円＋税

ピンクレーベル

『いつか、このどうしようもない想いが消えるまで。』ゆいっと・著

高２の美優が教室で彼氏の律を待っていると、近寄りがたい雰囲気の黒崎に「あんたの彼氏、浮気してるよ」と言われ、不意打ちでキスされてしまう。事実に驚き、キスした罪悪感に苦しむ美優。が、黒崎も秘密を抱えていて──。三月のパンタシアノベライズコンテスト優秀賞受賞、号泣の切恋!!

ISBN978-4-8137-0240-5
定価：本体590円＋税

ブルーレーベル

『彼に殺されたあたしの体』西羽咲花月・著

あたしは、それなりに楽しい日々を送る一見普通の高校生。ところが、平凡な毎日が一転する。気づけば…あたしを埋める彼を身動きせずに見ていたのだった。そして今は、真っ暗な土の中で、誰かがあたしを見つけてくれるのを待っていた。なぜ、こんなことになったの？　恐ろしくて切ない新感覚ホラー作品が登場！

ISBN978-4-8137-0242-9
定価：本体560円＋税

ブラックレーベル

書店店頭にご希望の本がない場合は、
書店にてご注文いただけます。